반복과 변주의 시 세계

반복과 변주의 시 세계

박수빈

국학자료원

상상력은 도덕적인 양심이나 과학적인 이성을 초월한다. 또한 이들을 융합하거나 해체하기도 해서 인간의 정신이 고정되지 않고 유동적이며 자유로워지는 능력이자 방법이다. 시에 대한 관심은 이런 상상력의 매력 때문이고 시를 쓰는 것은 자유로운 세계에 대한 갈증이라고 해도 과언이 아니다. 이렇게 자유는 도전 정신을 이끌고 새로운 세상을 이끈다.

현대시는 리듬보다 이미지를 강조하는 경향이 있지만 원래 시는 노래에 뿌리를 둔다. 고대시가인 「공후인」, 「황조가」가 그렇고 신라 향가를 봐도 그러하며 고려 가요, 가사나 시조 역시 노래를 읊는 것이다. 근대시 이전에는 시라는 말보다 노래가 강조되어 표현되었다. 따라서 시와 노래가 분리된 것이 아니라 시와 노래는 함께 움직이고 서로 넘나들며 정서를 공유한다. 시조(時調)의 표기는 글귀를 의미하는 詩가 아니라 때를 의미하는 時이고 이 때(時)가 가락(調)과 결합되는 점에서 시조 역시 노래를 강조한 용어이다. 시조란 당대의 가락이라는 뜻이며 오늘로 말하면 유행가이다. 시조가 오랜 세월 동안 전수될 수 있었던 것은 바로 음보와 음수에 따른 운율의 아름다움에서 비롯한다.

운율은 낱말의 반복이나 어구의 반복을 통해 뇌리에 각인되고 여운을 주는 효과가 있다. 현대에 오면 이성중심의 사고로 시를 쓰는 경향이 있어서 말과 노래, 언어와 음악을 분리하며 전자를 강조하는 경향이 있지만 음악성 즉 노래의 요소인 운율을 간과하면 시라는 장르가 성립되기 어렵다. 반복에 의해 운율이 생성되므로 운율은 시에 숨결을 불어넣는다고 할 수 있겠다.

우리의 삶 역시 일상의 반복이다. 시인들은 반복되는 일상으로부터 새로운 세계를 추구한다. 이것이 도발적인 의식 혹은 파격이라는 형식으로 시에 나타나며 시의 주제나 소재의 신선함에 기여하는 일환이 된다. 옛날이나 오늘날이나 사물을 새롭게 해석하는 통찰을 기르기 위해 직관의 감각들이 필요하며 이때 일탈의 형태가 추동된다.

그러고 보니 생활 주변에서 일어나는 여러 상관들이 반복의 연속이다. 우리의 호흡이 반복이며 해가 뜨고 지는 매일이 반복이다. 그러나 이런 반복으로 어제와 비슷한 시간에 일어나고 밥을 먹지만 오늘은 어제가 아니다. 식사 역시 반복되지만 오늘의 식사는 어제의 식사와 다르면서 같다. 그러므로 반복은 어제와 오늘 사이에 있고, 반복과 반복

사이에 새로운 생각이 이어진다. 데리다 식으로 표현하면 차연이며 미끄러지면서 존재하므로 이탈이다.

시의 기법에 있어서 반복과 파격이 보여주는 미적 효과와 그 의미를 찾는 연구물들을 이 자리에 모았다. 반복과 변주의 시정신은 어떤 유형으로 나타나는가? 의미론적으로 통사론적으로 다양한 양태의 구체적인 면면들을 이제부터 만나보기로 한다.

목차

김소월 시의
구조 원리 연구*

반복 기법을 중심으로

1. 머리말

이 글의 목적은 김소월 시에서 반복적으로 나타나는 구조 원리의 특징을 밝히는 데 있다. 그동안 김소월 시의 반복 기법은 리듬을 구성하는 원리로 율격이나 운율의 차원에서 민요시적 특성과 관련하여 7·5조나 3음보라는 외형적인 소리구조에 초점을 두는 경향이 있었다. 기존의 구조와 관련된 연구사를 검토하여 보면, 우선 시대적인 면에서 김소월 시 연구의 전반적 흐름은 크게 해방을 기점으로 전·후로 나누어 볼 수 있다. 시인과 동시대를 살던 논자들1)의 경우 김소월 시에 대한 논의

* 이 논문은 2015년 대한민국 교육부와 한국연구재단의 지원을 받아 수행된 연구임. (NRF-2015S1A5B5A07041044)

1) 그들은 박종화, 김억, 주요한, 김기진 등으로 각각 아래의 글에서 단평을 하였다.
박종화, 「월평」, 『백조』 2호, 1992, 5.
김억, 「소월의 생애와 시가」, 『삼천리』, 1935, 2.

가 인상비평이나 단평이어서 우리말 사용과 아름다운 율격으로 민요시의 정수를 일궈냈다거나, 조선의 정서를 계승했다고 평가하는 정도이다. 반면, 해방 이후의 연구들은 본격적인 비평의 틀을 갖추게 되는데 고석규의 연구가 주목할 만하다. 고석규2)는 소월 시의 '역설적 어법'과 시간의식을 구조적으로 분석함으로써 그의 시가 지닌 '의식의 부정성'을 도출해냈다. 김소월 시를 본격적인 문학 연구의 대상으로 삼게된 것은 김소월 특집3) 기획이 한몫을 하였다. 당시 집필진들은 형식, 언어, 발상법, 주제, 구성 등 다각적인 분석을 함으로써 김소월 시의 본격적인 연구를 촉발시켰다. 이를 계기로 김소월 시에 대한 연구 범위가 확장되었다. 크게 구조 · 형식적인 면으로 시작하여 주제 · 의식적인면까지 아우르면서 민요시4), 율격5), 여성성6), 한의 문제7), 허무주의8)등 다채롭게 고찰하였다.

이 논문의 방향과 연관되는 구조 원리에 관한 연구로 좀 더 집중하여보면 조동일9), 김춘수10), 김삼주11), 이희중12), 이경수13) 등이 있다. 조

주요한, 「문단시평」, 『조선문단』, 1924, 10.

김기진, 「현시단의 시인」, 『개벽』, 1925, 4.

2) 고석규, 「시인의 역설」, 『문학예술』, 1957, 2.

3) 1959년 8월 『신문예』에서 13명의 시인과 평론가들이 참여한 「특집, 소월 시를 말한다」를 기획하였고, 1960년 12월에는 『현대문학』에서 김양수, 김우종, 김춘수, 서정주, 유종호, 윤병노, 원형갑, 정태용, 천이두, 하희수 등 총 11명의 시인과 평론가가 「소월 특집」을 마련하였다.

4) 김준오, 「소월 詩情과 원초적 인간」, 김열규 · 신동욱 편, 『김소월연구』, 새문사, 1982.

5) 조창환, 「김소월 시의 율격론적 연구」, 서울대학교 박사학위논문, 1986.

6) 김현, 「여성주의의 승리」, 『현대 한국문학의 이론』, 민음사, 1972.

김윤식, 「한국시의 여성적 편향」, 『근대한국문학연구』, 일지사, 1973.

신달자, 「소월과 만해시의 여성지향 연구」, 숙명여대 박사학위논문, 1992.

7) 오세영, 『김소월, 그 삶과 문학』, 서울대학교 출판부, 2000.

8) 김윤식, 「식민지의 허무주의와 시의 선택」, 문학사상, 1973, 5.

9) 조동일, 「현대시에 나타난 전통적 율격의 계승」, 『우리문학과 만남』, 1988.

동일과 김춘수는 김소월의 7·5조 반복이 일본의 음수율이 아니라 우리 시가의 전통 율격인 3음보의 변형이라고 주장하였는데 이는 김소월 시를 구성하는 기본원리로 작용하고 있다고 하였고 김삼주는 김소월 시의 형식적인 특성에서 반복법이 어휘나 행과 연을 중심으로 구성되어 있는 특징이 있다고 밝혔으며 이희중은 반복, 나열, 대칭, 혼합이라는 유형화와 더불어 반복이 진행되고 있다고 분석하였으며 다음으로 이경수의 연구는 시작 방법이나 구조적 원리라는 연구 관점과 논의의 범주를 음소에서부터 언술의 차원까지 확장시킨 면에서 의의가 있다.

선행 연구를 검토한 결과, 김소월 시의 반복 기법은 율격론의 하위 항목에서 다루어졌거나, 창작원리와 시세계를 알아보는 커다란 흐름 속에서 언급되었다. 그러므로 본격적인 구조 원리를 반복 기법의 특성에 맞춘 연구는 더 필요하다고 느낀다. 본고가 초점을 맞추고 있는 진행 순서는 김소월 시의 반복 기법을 유형화한 다음, 시 텍스트에 어떠한 의미와 효과를 만들어내는지를 밝히는 것이다.

2. 반복 기법의 특성과 기능

1920년 「낭인의 봄」 외 네 편을 『창조』에 발표하면서 김소월은 작품 활동을 시작하였다. 1934년 32세의 젊은 나이로 타계할 때까지 그는

---

10) 김춘수, 「소월 시의 행과 연」, 『현대문학』, 1990년 12월호.
11) 김삼주, 『김소월 시의 연구』, 인문당, 1990.
12) 이희중, 『김소월 시의 창작방법 연구 : 어법, 구성, 배경을 중심으로』, 고려대학교 박사학위논문, 1994.
13) 이경수, 「김소월 시의 반복 기법 연구」, 『어문연구』 35, 한국어문교육연구회, 2006.

시집 『진달래꽃』(매문사, 1925)만을 간행하였다. 본격적으로 활동한 시기가 길지 않았지만 김소월은 현대한국문학사에서 주목받는 시인이다. 그 이유 가운데 리듬감을 형성하는 반복 기법을 들 수 있는 바, 독자에게 전달이 용이하고 정서적인 교감을 느끼게 하는 효과를 발휘한다.

김소월 시에 주로 나타나는 반복 기법이 그의 시의 창작 방식이며 구성원리라는 점을 밝히기 위해서는 반복의 개념에 대한 정립이 선행되어야 한다. 본고는 로만 야콥슨의 등가적 단위의 규칙적 반복을 통해 발화의 흐름을 시간적으로 체험할 수 있다는 의견에 동의하면서 배열과 운율을 시의 고유한 기능으로 본 점을 토대로 끌어오려고 한다. 야콥슨에 의하면 율격은 추상적인 도식이 아니라 어떤 시행이건 한 시행의 심층적인 구조로 이어진다고 하면서 그것이 단순한 소리 형태의 문제를 초월한 더 넓은 언어 현상임을 간파하였다.[14]

아울러 병행성과 같은 언어학이나 시학에서의 핵심적 문제는 외적 형태에만 국한된 기계적인 연구 방식이나 문법과 어휘적 의미를 배제한 연구 방식으로는 해명이 거의 불가능하다고 함으로써 병행성을 구조적 원리로서 새롭게 볼 수 있는 가능성을 열어 놓았다.[15] 또한 반복은 텍스트에서 연합적 차원에서의 질서화의 실현 즉 등적에 의한 질서화의 실현으로 나타난다는 것이다.[16]

우리시에서 반복 기법에 대한 본격적인 이론을 편 연구자는 조지훈이다. 그는 시형식의 반복에 '동어반복'과 '유어반복'이 있다고 하면서 다른 말이라도 수사적 관계로는 동격인 유어를 사용하는 수가 있는데

---

14) 로만 야콥슨, 「언어와 시학」, 『문학 속의 언어학』, 신문수 편역, 문학과지성사, 1989, 70~71쪽.
15) 위의 책, 74쪽.
16) 유재천, 『시 텍스트의 분석 : 시의 구조』, 가나출판, 1987, 83쪽.

유어반복도 그 근본정신은 동어반복과 다르지 않다고 보았다. 2000년대 이후로 반복법 연구로는 이경수의『한국의 현대시와 반복의 미학』이 있다. 그의 논의는 서사성과 산문성이 강해진 한국 현대시의 구조적 원리를 밝히는 것으로 반복 기법을 다루었는데 논의의 범주를 음소에서부터 언술의 차원까지 확장시킨 점은 이 논문에 많은 참고가 되었다.

1) 시어의 대립에 따른 슬픔의 표상

김소월의 시는 비극적 현실을 형상화한 경우가 많다. 가령 화자가 사랑하는 대상이나 그와 함께 했던 과거의 시간, 혹은 유년의 아름다움을 간직한 고향은 이미 부재하고 결여된 상태로 나타난다. 상반된 의미를 지닌 시어들이 대립적인 계열을 이루면서 시 전체의 의미구조를 형성한다. 이때 의미가 상반된다는 것은 사전적으로 뿐만 아니라, 내용상의 정황으로도 의미가 맞서는 경우도 포함하여 이를 설명해 보겠다.

> 발서 해가 지고 어둡는대요
> 이곳은 인천에 제물포 이름난곳
> 부슬부슬 오는비에 밤이 더디고
> 바닷바람이 칩기만합니다
>
> 다만 고요히 누어드르면 다만 고요히 누어드르면
> 하이얏케 밍더드는 봄밀물이
> 눈압플 가루막고 흘늑길뿐이야요
>
> — 「밤」 부분

낯선 도시에서 하룻밤을 보내야 하는 상황에 화자는 있다. 그래서 이 시는 외롭고 허전한 분위기가 감돈다. "이름난 곳"이라는 긍정적인 느낌의 시어와 '어둡다, 더디다, 춥다, 가로막다, 흐느끼다' 등의 단어가 대립되어 나타난다. 전자에 해당하는 것은 하나인데 반해, 후자는 많다는 점에서 이 시는 화자의 쓸쓸한 소회를 드러내는 구성이다. 다음 행에서 "다만 고요히 누어드르면"이 연속적으로 표현되며 앞의 고독한 정서를 고수하는 효과가 있다. 화자는 이방인으로 홀로 누워 봄 밀물이 밀려오는 소리를 상상으로 듣는다. 겨울과 봄, 추위와 따스한 봄밀물이 대립적으로 반복되며 이것은 화자의 내면이 그리는 상상이기 때문에 현실적인 외로움과 추위는 더 강하다.

대립적 의미를 지니는 시어를 한 편의 시 안에서 반복적으로 사용하여 화자는 그가 열망하는 쪽으로 생각을 기울인다. 죽음의 세계여도 '님'이 존재하는 곳에 이르고자 하거나, 따뜻한 고향에 대한 기억을 되새김질 하는 태도가 이를 반증한다. 그러나 이런 의식의 지향에도 불구하고 화자가 처한 현실의 상황은 대조적이어서 비극적으로 와 닿는다.

다음의 시에서는 내용상으로 의미가 대립적인 경우이다. 죽음으로 사랑하는 대상이 부재하는데, 대립적 반복의 원리가 구조적으로 뚜렷하게 드러난다.

산산히 부서진이름이어!
虛空中에 헤여진이름이어!
불너도 주인업는이름이어!
부르가다 내가 죽을이름이어!

心中에 남았는 말한마듸는

끝끝내 마자하지 못하엿구나
사랑하든 그사람이어!
사랑하든 그사람이어!

붉은해는 서산마루에 걸니엇다
사슴의무리도 슬피운다
떠러저나가안즌 산우헤서
나는 그대의이름을 부르노라.
(4연 생략)
선채로 이 자리에 돌이되여도
부르다가 내가 죽을이름이어!
사랑하든 그 사람이어!
사랑하든 그 사람이어!

— 「招魂」 부분

화자와 님을 중심으로 대립적인 시어가 계열을 이루며 반복되고 있다. 1, 2, 5연에서 '~이어!'의 동일한 어미가 반복되고, "사랑하던 그 사람이어!"와 "설움에 겹도록 부르노라"가 반복되면서 애절한 목소리가 전달되고 있다. '하늘―땅'은 님과 화자가 존재하는 공간이라는 점에서 시에 커다란 대립구도를 만들고 '죽음―삶'이나 '저승―이승'으로까지 의미가 확대된다.

또한 "돌"과 "心中에남아잇는 말한마듸"는 1연의 "산산히 부서진이름", "虛空中에 헤여진이름"과 대립적인 이미지를 형성하고 구조화한다. "돌"은 5연에서 "선채로 이 자리에 돌이 되어도"라고 한 것처럼 화자의 내면을 응축하여 표현한 상징물이라고 할 수 있다.[17] 이는 망부석

---

17) 최동호, 「서정시의 시적 형상에 관한 의식 비평적 이해」, 『어문논집』, 제19 · 20합

이 드러내는 기다림과 간절함이라기보다, "돌" 자체가 가지는 단단함으로 화자의 슬픔이 강하게 응축된 모양을 보여준다. "心中에남아잇는 말한마듸" 역시 "돌"과 같은 맥락으로 해석되는데 화자의 마음속에 응어리져 있는 설움의 덩어리가 바로 그것이다. "말한마듸"와 "돌"은 화자의 슬픔이 가장 극단에 이르렀을 때 응결되는 것이다.

1연의 1, 2행은 "돌"과 반대적인 속성으로 표현된다. 이름이 한 사람의 정체성을 확인시켜주는 상징적 도구라고 할 때, 여기에 있는 "이름"도 님의 또 다른 모습이다. "이름"이 산산히 부서지고 허공 중에 흩어지는 것은 앞서 살핀 "돌"의 심상과는 상반되는 것이다. "돌"이 안으로 조여드는 응축의 힘이라면, "이름"은 밖으로 퍼져나가는 확장의 힘이다. 이러한 속성은 님이 죽어서 더 이상 현실 세계에 있지 않다는 것을 은유적으로 드러낸다. "말한마듸"가 "心中"에 남아 있었던 것과 함께 "헤여진이름"이 "虛空中"에 남아있는 것도 대립을 형성한다. 돌과 이름이 반대되는 속성으로 대립하는 것은 화자와 님 사이의 거리감을 뜻한다.

"돌"의 응축성과 "이름"의 확산성은 의식의 지향점이다. 땅에 선 채로 하늘을 향해 이름을 부르는 행위는 님이 있는 곳으로 이르고자 하는 화자의 의지의 소산이다. "돌로 응결된 자아의 응축을 통해서 하늘과 땅 사이로 확대된 공간에 극단화한 정서가 제시"[18]되는 것이다. 이렇듯 김소월은 화자와 죽은 님의 절대적 간극을 표현하기 위해서, 또한 여기서 불러일으켜지는 정서를 극단적으로 제시하기 위해 시의 전체적 구조에 대립적 의미를 가지는 시어들을 반복시켰다.

이어서 역접부사 '그러나'를 통해서 상반된 어휘로 슬픔을 표현하는

집, 고려대 국어국문학회, 1977, 99쪽.
18) 위의 책, 101쪽.

예시를 보자.

> 가) 그는 야저시 나의파우헤 누어라
> <u>그러나 그래도 그러나</u>!
> 말할 아무것이 다시업는가!
>
> — 「꿈으로 오는 한사람」 부분
>
> 나) <u>그러나</u> 자다깨면 님의노래는
> 하나도 남김업시 일허바려요
>
> — 「님의노래」 부분
>
> 다) 바람은 속삭여라
> <u>그러나</u>
> 아아 내 몸의 상처받은맘이어
>
> — 「엄숙」 부분
>
> 라) <u>그러나</u> 나는 오히려 나는
> 소래를 드르라. 눈석이물이 썩어리는,
>
> — 「찬 저녁」 부분

위에 제시한 예들은 상황을 역전시키거나 전환할 때 '그러나'를 사용한 시들에서 부분 발췌한 대목이다. 가), 나) 의 경우 문맥상으로 '님'과 관련된 애정 시편에서 '님'이 존재하던 과거와 부재하는 현재를 대조적으로 드러내기 위해 '그러나'를 사용하였다. 다), 라)는 외부의 현상과 반대되는 '나'의 모습을 그리고 있다. 두 경우 모두 현재 화자가 처한 비극적인 상황과 절망적인 심정이 나타난다. 생동하는 외부의 모습이나 님과 함께 했던 행복한 순간들 다음에 '그러나'를 쓰면서 현재의 상황이 좀 더 극적으로 제시되는 효과가 있다.

2) 병렬적인 구문과 의미의 강조

김소월은 비교적 평이한 구문을 병렬적으로 배치하여 실향, 허무, 죽음의식 등의 슬픔을 표현하였다. 특히 '님'과의 이별을 통해 겪는 그리움과 고독의 정서가 지배적인 시에 점층적 반복의 형식이 집중되어 있어 본고가 주목해 보려고 한다.

점층법[19]적 반복의 특징은 논자마다 그 개념이 조금씩 다르지만, 일정한 방향으로 반복이 진행되면서 의미나 이미지가 강화된다는 점은 공통적이다. 루스 피네간은 '점진적 변화반복(incremental repetition)'과 '점층적 병치(incremental parallelism)'라는 두 개념을 예시하였는데, 이를 설명하는 범주가 각각 반복과 병치라는 점에서만 다를 뿐, 반복되는 부분이 한 방향으로 진행된다는 점은 같다.[20]고 하였다. 이를 인용한 오세영은 김소월의 「접동새」를 분석하면서 연의 배열이 단순 연에서 중복하는 연으로 점차 확대해 나가는 경우를 점층 형식으로 설명하였다.[21]

이경수는 내용과 형식적 측면에서 점층을 모두 고려하였다.[22] 반복적 요소들이 의미의 유사성에 따라 배열될 뿐만 아니라 유사하지 않은

---

19) 김기종, 『시운율론』, 한국문화사, 1999. (김기종은 점층법을 반복법, 대구법, 열거법과 함께 '반복의 수법'으로 보았다.)

20) 루스 피네간, 『Oral Poetry』, Cambridge Univ Press, 1977, 99~101쪽. 김기종 위의 책 같은 페이지에서 재인용. (루스 피네간은 병치는 일반적으로 반복이라는 폭넓은 특성으로부터 벗어나지 못하지만, 병치를 하나의 범주로 논의할 수 있다고 했다.)

21) 오세영, 『한국낭만주의 시 연구』, 일지사, 1980, 67~70쪽. (오세영은 민요의 형식적 특성을 밝히며 병치 역시 반복의 한 방법이지만 단순한 반복에 비해 복합적인 형식미를 제공해 준다는 점에서 두 개념은 구분된다고 하였다.)

22) 이경수, 『한국 현대시의 반복의 미학』, 월인, 2005, 151쪽.

정보도 부연될 수 있다고 보는 이경수의 주장은 유연하다. 이 글은 이경수의 개념에 동의하며 점층적 반복이란 유사하거나 유사하지 않더라도 요소들이 일정한 방향으로 반복되면 의미를 강화한다고 보고, 구문의 층위에서 내용상의 점층과 형식상의 점층으로 구분해 본다.

내용상으로는 화자의 태도나 정서와 같은 어법상의 반복을 다루며, 외형적으로는 형태가 확대되거나 축소되지 않고 동일한 구문이 나열되어 있는 것으로 김소월의 시들이 이 경우에 해당한다. 음보의 수나 구문의 길이가 변화하지는 않지만 시상의 전개에 따라 의미구조가 점층적으로 반복되어 화자의 정서가 극대화된다.

먼훗날 당신이 차즈시면
그때에 내말이 니젓노라

당신이 속으로 나무라면
무척그리다가 니젓노라

그래도 당신이 나무라면
밋기지안아서 니젓노라

오늘도어제도 아니잇고
먼훗날 그때에 니젓노라

                                —「먼後日」전문

매연마다 '~하면/~잊었노라'의 형태가 반복되는 이 시는 이별을 겪은 화자가 '님'이 없는 상황에서 앞으로 다가올 화자와 '님'의 대화를 설정하고 있다. 4연을 제외한 여러 연에서 1행은 '당신'과 관계된 행동을 표현하고 있고, 이어서 화자의 답이 배치된다. 외형적으로 봤을 때 3음보 단위로 행갈이가 되며 시상은 점진적으로 극적인 상황을 연출한다.

먼저 1연에서 2연으로 전개될 때에는 "～하면/～잊었노라"의 기본 구문은 유지되지만 "당신"의 행위와 화자의 대답은 변한다. 당신은 '찾는 행위에서 나무라는 행위'로, 화자는 '그저 잊었던 것에서 무척 그리다가 잊은 것'으로 바뀐다. 2연에서 새로운 정보가 첨가되면서 내용은 자세히 서술되면서 화자의 정서도 강화된다. 3연에서도 구조는 같으나 내용은 달라진다. 속으로만 화자를 야속해하던 당신은 이제 겉으로 표현하기에 이른다. 그만큼 행위가 더 적극적으로 변화한 것이다. 그에 대한 대답 역시 "뭇척그리다가"에서 "밋기지안아서"로 바뀌어 화자의 심리 상태가 더 고조되어가는 것을 감지할 수 있다.

마지막 4연은 1행에서 미래형 가정법이 오지 않고 두 행 모두를 화자의 발화로 해서 맨끝의 "니젓노라"를 수식한다. "오늘도어제도 아니닛고/먼훗날 그때에 '니젓노라'"라는 발화는 절정에 이른 화자의 심리를 반영한다. 이처럼 이 시는 '～하면/～잊었노라'의 구문을 기본 형식으로 하여, 내용을 단계적으로 바꾸어 상황을 극대화하는 특장이 있다. "～니젓노라"를 반복해서 읽을수록 화자의 '당신'에 대한 그리움은 짙어져 간다. 반어법이 시의 후반부로 갈수록 효과를 보여 "잊었노라"는 의미론적으로 '잊을 수 없다'는 뜻의 강조가 된다.

봄가을업시 밤마다 돗는달도
예전엔 밋처몰낫서요

이럿케 사뭇차게 그려울줄도
예전엔 밋처몰낫서요

달이 암만밝아도 처다볼줄을
예전엔 밋처몰낫서요

이제금 저달이 서름인줄은
예전엔 밋처몰낫서요

—「예전엔 밋처몰낫서요」 전문

　형태적으로 봤을 때 위의 시 역시 동일한 구문이 반복되어 나타난다.
2행씩 4연을 이루는 구조와 매연마다 두 번째 행이 동일하게 거듭되는
구조적 특성을 지닌다. 율격으로도 1연과 4연의 의도적인 변화를 제외
하면 7·5조의 규칙을 지키고 있다. 또한 형태상으로 시의 행과 연들이
병렬을 이룬다. "예전엔 밋처몰낫서요"의 문장이 기본적 틀로 짜여 화
자가 미처 몰랐던 사실들을 변주하며 복기한다. 1연과 3연은 서경의 묘
사와 화자의 행위를 다룬 객관적인 서술인데 비해 2연과 4연은 화자의
감정이 들어간 주관적 서술이다. "예전엔 밋처몰낫서요"가 동일하게
반복되면서 앞의 진술을 강조하는 역할을 한다. 화자가 현재 자신의 처
지와 견주어 볼 때, 과거에 어떠한 사실을 알지 못했다는 것은 미련이
많다는 것을 의미한다.
　1연과 2연은 '~도'라는 조사가 붙은 동일한 구문이라는 점에 주목할
필요가 있다. 달은 계절에 상관없이 있지만 과거의 화자는 그것을 미처
알지 못했고, 또한 그 달을 매개로 현재의 화자는 그리움에 사무친다. 3
연과 4연 역시 과거의 화자는 달이 아무리 밝아도 쳐다볼 줄도 몰랐는
데, 이제 와 보니 저 달은 자신에게 설움을 안겨준다는 것으로 보아,
"달"이라는 객관적 상관물과 점층적 반복구조를 통해 정서가 심화되는
양상을 보인다.

잔듸
잔듸
금잔듸
심심산천에 붓는불은
가신님 무덤가엣 금잔듸
봄이 왓네 봄빗치 왓네
버드나무꿋테도실가지에
봄빛치 왓네 봄날이 왓네
심심산천에도 금잔듸에

— 「금잔듸」 전문

도입부에서부터 음악성이 느껴진다. 4행과 5행에 이르러서는 "금잔 듸" 앞에 "심심산천에 붓는불은"구문이 붙어 반복이 확장된다. "심심산 천에 붓는불"은 겨울에서 봄이 되는 시기에 새롭게 파종을 하려고 불을 지르는 모습을 형상화한 것이다. "불"과 "금잔듸"는 맹렬한 기운을 느끼게 하면서 타오르는 이미지를 형성한다. 5행에 나오는 "가신님 무덤 가"는 이 시를 풀어낼 때 핵심적으로 기능하는 시어로, 여기에 이르러 시의 의미가 두드러지기 시작한다. 1행에서 4행까지 이어진 잔디와 금 잔디의 반복은 음악적 효과와 밑그림으로써 이미지였다면 5행에 이르러서야 금잔디가 내포하는 슬픔을 파악할 수 있다. 4행까지 진행된 점 층적 반복을 토대로 "가신님 무덤가"가 덧붙여지면서 뜨거운 이미지의 금잔디는 죽은 "님"과 겹쳐져 애상의 정서가 심화된다.

시의 후반부인 8-9행은 반복이 연쇄적으로 연결되어 점층적 반복의 또 다른 변형이라고 하겠다. 압운을 맞추기 위해 문장을 도치한 것도 있지만 "봄이 왓네, 봄빛치 왓네 봄날이 왓네"를 연달아 배열하려는 의도로 도치한 것이기도 하다. 이처럼 김소월의 시에서 구문이 확대되는 방향으로 점층적 반복이 이루어질 때에는 새로운 정보가 덧붙여지면서 의미가 풍부해지는 경향이 있다. 또한 시의 핵심 의미나 정조를 형성하는 시어가 후반부에 집중이 되면서 그것들을 강조하는 효과가 있다. 이 밖에도 병렬적인 구문이 배치된 예시로「바다」에서는 "바다는 어디"라는 구문이 반복되면서 정서가 점층적으로 고조되고 있고「개여울의노래」에서도 '~라면 ~지'의 구문을 연마다 다른 내용으로 변주하였다.

3) 통사의 대칭과 수미상응(首尾相應)의 효과

처음 연과 마지막 연이 반복되거나 유사한 형태의 구성을 김소월은 자주 사용하였다. 이러한 대칭적 반복은 한시에서 열고 닫으며 전개를 하는 것처럼 수미상관으로 나타난다. 반복이나 나열과 같이 소박한 방법은 전대의 기층시가 양식에서 계승된 것이라면, 대칭이나 전개와 같이 비교적 세련된 방법들은 고도로 양식화된 전대의 상층 시가 양식에서 계승된 것이다.[23] 김소월의 경우 실제로 한시를 번역하고 그 기법을 빌어 창작을 한만큼 그의 시에서 한시의 영향[24]을 받았다. 처음과 끝을 반복하는 '수미상응(首尾相應)'은 김소월의 시에서 구조적 완결을 이루는 효과를 발휘한다.

시의 중심 의미를 담고 있는 어휘나, 행, 연에 이르기까지 반복이 되는 대상과 유형은 여러 종류이며, 그 중에서도 연과 연이 마주보고 반

---

23) 이희중,『현대시의 방법 연구』, 월인, 2001, 86쪽.
24) 오가와 타마끼,『唐詩槪說』, 심경호 역, 이회문화사, 1998, 104~113쪽. 이희중 위의 책 같은 페이지에서 재인용.

복되는 경우가 제일 많다. 대칭되는 부분과 그렇지 않은 부분으로 시를 나누어볼 때, 서경과 서사가 시의 중간에 오고 서정은 처음과 마지막 부분에 위치하거나 이와 반대인 경우도 있다. 전자는 서정적 내용이 시를 열고 닫음으로써 화자의 감정을 최대한 끌어올리는 효과가 있으며, 후자의 경우 화자가 직접적이거나 격정적으로 드러낸 감정을 서경이 처음과 끝으로 정리한다.

> 나보기가 역겨워
> 가실때에는
> 말업시 고히 보내드리우리다
>
> 영변에약산
> 진달내꼿
> 아름따다 가실길에 뿌리우리다
>
> 가시는거름거름
> 노힌그곳츨
> 삽분히즈려밟고 가시옵소서
>
> 나보기가 역겨워
> 가실때에는
> 죽어도아니 눈물흘니우리다
>
> —「진달내꼿」 전문

　사용된 어휘의 수가 많지 않고 그 형식 역시 간명함에도 불구하고, 위의 예시는 다른 어떤 시보다도 중층적인 울림을 가졌다. 이 시의 구성상의 원리가 대칭에 있다는 점은 이미 선행으로 밝혀진 바 있다.[25] 1

연과 4연의 대칭적 반복이 화자의 강렬한 태도의 표출에 기여한다는 것이다. 여기에서도 그러한 화자의 태도가 주요한 문제로 대두되어 있지만, 이를 드러내는 대칭적 반복의 양상은 다르다.

기본 구조는 앞서 밝힌 바와 같이 1, 4연이 대칭이면서도 1, 4연은 화자의 정서를 직접적으로 드러내고 2, 3연은 화자와 '님'의 행위를 나타내는 면에서 서정과 서사는 이원적으로 구성되어있다는 것을 알 수 있다. 1, 4연에 각각 "보내드리우리다"와 "아니 눈물흘리우리다"라는 행위의 중심 의미를 형성하는 것은 이들 서술어보다는 앞에 있는 구절 즉 '말업시 고히'가 화자의 태도를 결정하기 때문에 서정이 지배적이다. 4연에서도 눈물을 흘리는 행위 자체보다는 '죽어도아니' 눈물 흘리겠다는 수식어에 더 핵심이 있다. 이렇게 '말업시 고히'와 '죽어도아니'는 화자의 정서적 면모를 드러내고 있어서, 1, 4연과 2, 3연과의 관계를 살필 때, 시의 중요한 의미가 드러난다.

이 시의 대칭적 반복은 시의 처음과 마지막에서 동일한 형태의 연을 반복함으로써 구조적 완결을 이룬다. 이와 동시에 서정과 서사라는 양분된 구조를 적절히 융화시켜 시를 서정적으로 통합하는 효과를 거두어낸다.

산에는 꼿피네
꼿치픠네
갈 봄 녀름업시
꼿치픠네

산에

---

25) 이희중, 앞의 책, 106~108쪽.

산에
픠는꼿츤
저만치 혼자서 픠어잇네

산에서우는 적은새요
꼿치죠와
산에서 사노라네

산에는 꼿지네
꼿치지네
갈 봄 녀름업시
꼿치지네

―「山有花」전문

　　대칭적으로 반복하는 1, 4연과 그렇지 않은 2, 3연으로 양분된다. 1
연과 4연은 한시의 수미상관(首尾相關)처럼 시를 열고 닫음으로써 시
적 구조를 완결시킨다. 시어나 이미지가 낭비됨이 없이 핵심적인 뼈대
로만 건축한 시라는 점에서 두 연이 이 시에 기여하는 바가 드러난다.
통사구조는 같은 구조이지만 의미적으로는 꽃이 피는 것에서 지는 것
으로 변주되어 차이를 나타낸다. 꽃이 "갈 봄 녀름업시" 피고 지는 것을
반복하면 무상하게 흘러가는 시간의 흐름이 느껴진다. 또한 이때의
'꽃'은 구체적 사물인 꽃이라기보다 자연의 상징물로 파악할 수 있다. 1
연과 4연에서 제시한 꽃의 모습은 자연과 우주 같은 객관세계에 대한
은유로 해석이 가능해서 그렇다. 이 시에 나타난 대칭적 반복의 원리는
시의 구조적 완결에 기여할 뿐만 아니라, 자연과 존재의 평화로운 모습
을 서정적으로 통합하는 효과가 있다.

이 밖에도 작품 「달마지」의 경우는 "정월대보름날 달마지"가 열고 닫으며 반복되어 있고 「엄마야 누나야」역시 "엄마야 누나야 강변살자"를 반복하면서 통합적으로 의미를 아우르고 있는 경우의 예시로 들 수 있다.

정월대보름날 달마지
달마지 달마중을 가자고
새라새옷은 가라닙고도
가슴엔 묵은설음 그대로
달마지 달마중을 가자고
달마중 가자고 니웃집들
산우헤수면에 달소슬 때
도라들자자고 니웃집들
모작별삼성이 떨어질 때
달마지 달마중을 가자고
다니든옛동무 무덤가에
정월대보름날 달마지

— 「달마지」 전문

엄마야 누나야 강변살자
뜰에는 반짝이는 금모래빗
뒷문박게는 갈닙의 노래
엄마야 누나야 강변살자

— 「엄마야 누나야」 전문

비연시(非聯詩)의 형태를 띠고 위의 예시들은 통사적으로나 내용적으로 같은 내용이 반복되고 있다. 「달마지」의 반복되는 구절은 복잡한 내용을 정리해주는 기능을 한다. 시의 중간 부분에서 대보름날 펼쳐지는 일들이 다양하게 서술이 된다. 2~5행, 6~9행, 10~11행의 세 부분으로 나뉘어 다른 이야기가 연계된다. 새 옷으로 갈아입었지만 가슴 속 설움은 그대로이며, 달이 솟으면 올라가고 별이 지면 돌아오자는 부분과 죽은 동무의 무덤가에 달마중을 가자는 내용이 연의 구분 없이 연결되어 있다. 또한 문장성분의 생략 혹은 첨가, 도치 등으로 복잡한 구조를 보인다. 이것은 압운을 맞추기 위해 의도적으로 '고도-로-고-고'와 '들-들', '때-때-에' 등을 쓰며 구조를 변형시켜 놓았기 때문이다. 리듬감은 살아있지만 시의 의미가 전달되는 데에 어리둥절할 수 있는 것을 처음과 끝에 "정월대보름날 달마지"가 오면서 정돈이 된다.

「엄마야 누나야」는 4행으로만 이루어진 짧은 시임에도 불구하고 대칭적 반복이 기여하는 바는 크다. 뜰과 뒷문 밖의 모습을 시각과 청각의 이미지로 그려낸 2, 3행이 서경에 해당한다면, "엄마야 누나야 강변 살자"가 동일하게 반복되면서 시 전체의 음악성을 살리는 효과를 본다. 강변에 살고 싶다는 바람은 현재 화자의 처지가 아름답지 못하다는 반증이다.

시의 처음과 마지막에서 행이나 연이 반복되는 현상은 일차적으로 시의 구조를 완결시키는 기능을 한다. 한시에서의 열고 닫는 방법처럼 시의 정조나 상황을 시작하고 끝맺는 역할을 하는 것이다. 뿐만 아니라 대칭적으로 반복되는 부분과 그렇지 않은 부분이 이원화가 되어 시의 의미 형성에 한 몫을 하고 있다. 이들을 서로 영향을 주고받으며 구조를 서정적으로 통합하는데 이바지한다.

3. 맺음말

본고는 김소월의 시집 『진달래꽃』을 대상으로 하여 그의 시에 나타나는 반복 기법의 양상을 시어와 구문과 통사적 측면으로 나누어 살펴보았다. 기존의 연구들이 율격과 운율이라는 소리구조에 천착했다는 데에서 문제의식을 느끼며 구조 원리를 규명하려는 차원에서 출발하였다.

본론으로 들어가 시어의 대립적 반복에 대해 살펴보았다. '그러나'의 접속부사를 사용한 반복은 현재의 상황과 반대로 제시되는 역할을 하고 상반된 시어를 반복적으로 배치하는 원리는 '님'의 부재나 고향과 자연의 상실이라는 결핍을 드러내기에 효과적이었다. 이 표현들은 모두 외부의 현상과 반대되는 '나'의 모습을 그리고 있는데 현재 화자가 처한 비극적 상황에 따른 절망적 심정이 표현되면서 생동하는 외부의 모습이나 님과 함께 했던 행복한 순간들은 이미 과거 시점으로 대조를 이루고 있다.

다음으로 구문이 점층적으로 반복되는 유형을 발견하고 이에 주목하였다. 그 결과 시상의 전개에 따라 화자의 심리와 시의 분위기가 고조되는 것을 알 수 있었다. 점층적 반복은 병렬현상을 보이고 있는데 의미의 복잡성을 증가시키고 이미지를 강화한다.

끝으로 통사의 언술 차원에서 작용하는 대칭적 반복의 유형을 살펴보았다. 시의 처음과 마지막 연에서 통사 혹은 내용에서 동일한 행이나 연을 반복되면서 수미상관을 형성하고 상호 영향을 주는 특장을 보인다. 이렇게 언술의 대칭은 시의 구조를 통합하고 완결시키는 데에 안정감 있게 기능한다. 김소월 시의 반복 기법은 다른 학문과 연계성을 지니며 융합될 수 있다. 예를 들어 시어 배치의 반복 기법에 따른 변주는 음악성을 지니며 우리말의 아름다움을 느끼게 하고 감상자의 정서를 풍요롭게 한다. 심리적인 위안이 되고 다친 마음을 치유하는 면에서 시와 음악의 어울림이 가능하다.

오늘날 현대시는 대체적으로 산문시가 늘어가는 추세이다. 리듬감을 무시하거나, 현란하고 모호한 언어의 기교에 치중하고 있는 사례도 빈번하다. 그러다 보니 정작 시가 지녀야 할 응축과 긴장성 등의 요소를 담보하지 못하거나, 내용이 있어도 의미가 깊어지지 못하고 단순 발상에 머무르는 경우가 있다. 이를 고려할 때 김소월의 시의 탄탄한 구조 원리는 형식과 의미론적으로 귀감이 된다.

참고문헌

• 기본자료

전정구 편,『소월 김정식 전집』, 1 · 2 · 3권, 한국문화사, 1994.
김용직 편,『김소월 전집』, 서울대 출판부, 1996.
권영민 편,『김소월 시 전집』, 문학사상사, 2007.

• 단행본

고형진,『현대시의 서사 지향성과 미적 구조』, 시와 시학사, 2003.
김기종,『시운율론』, 한국문화사, 1999.
김명인,『한국근대시의 구조연구』, 한샘, 1988.
김열규, 신동욱 편,『김소월 연구』, 새문사, 1982.
김윤식,「식민지의 허무주의와 시의 선택」,『문학사상』, 1973, 5.
김춘수,「소월시의 행과 연」,『현대문학』, 1960년 12월호.
김현자,『시와 상상력의 구조─김소월 · 한용운을 중심으로』, 문학과 지성
        사, 1982.
오세영,『한국낭만주의 시 연구』, 일지사, 1980.
오세영,『김소월. 그 삶과 문학』, 서울대학교 출판부, 2000.

유재천, 『시 텍스트의 분석 : 시의 구조』, 가나출판, 1987.

이경수, 『한국 현대시와 반복의 미학』, 월인, 2005.

이희중, 『현대시의 방법 연구』, 월인, 2001.

조동일, 「현대시에 나타난 전통적 율격의 계승」, 『우리문학과 만남』, 1988.

조지훈, 『조지훈 전집 2 ─ 시의 원리』, 나남, 1996.

로만 야콥슨, 「언어와 시학 」, 『문학 속의 언어학』, 신문수 편역, 문학과 지
　　성사, 1989.

• 논문

고석규, 「시인의 역설」, 『문학예술』, 1957, 2.

김경훈, 「현대국어 부사어 연구」, 서울대학교 박사학위논문, 1995.

김윤식, 「한국시의 여성적 편향」, 『근대한국문학연구』, 일지사, 1973.

김준오, 「소월 詩情과 원초적 인간」, 김열규·신동욱 편, 『김소월연구』, 새
　　문사, 1982.

김현, 「여성주의의 승리」, 『현대 한국문학의 이론』, 민음사, 1972.

성기옥, 「소월시의 율격적 위상」, 『관악어문연구』 제2집, 1977.

신달자, 「소월과 만해시의 여성지향 연구」, 숙명여자대학교 박사학위논문,
　　1991.

오탁번, 「한국 현대시의 대위적 구조 ─ 소월시와 지용시의 역사적 의의」, 고
　　려대학교 박사학위논문, 1983.

이경수, 「김소월 시의 반복 기법 연구」, 『어문연구』35, 한국어문교육연구
　　회, 2006.

이경희, 「시적 언술에 나타난 한국현대시의 병렬법 연구」, 이화여자대학
　　교 박사학위논문, 1988.

이희중, 「김소월 시의 창작방법 연구」, 고려대학교 박사학위논문, 1994.

정효구, 「'초혼'의 구조주의적 분석」, 『현대문학』, 1987년 3월호.

조창환, 「김소월시의 율격론적 연구」, 서울대학교 박사학위논문, 1986.

정끝별, 「현대시에 나타난 시적 구조로서의 병렬법」, 『한국시학연구』, 제9
호, 한국시학회, 2003.

최동호, 「소월시의 내면적 변형과 조율의 의미」, 『어문논집』제 17집, 고려
대, 1976.

최동호, 「서정시의 시적 형상에 관한 의식 비평적 이해」, 『어문논집』, 제 19 ·
20합집, 고려대국어국문학회, 1977.

박재두 연시조의
특성 연구

1. 들어가며

작가가 살았던 환경이나 시대상을 알아보는 것은 작품 세계를 이해하는데 도움이 된다. 박재두 시조시인은 1935년 경남 통영에서 태어나 일제 치하와 해방 그리고 한국전쟁을 겪으며 좌우 이념이 대립하던 시기의 산 증인이다. 통영은 영남 남해안 특유의 정서가 작품에 형상화되기 좋은 지역이고 해방 전까지 일제의 수탈에 시달렸던 오욕의 땅이다. 그래서 한이 서린 기억이 박재두 시인의 작품 속에 표출된다. 시대의 흐름과 삶의 애환은 그의 시조관에 반영이 되었고 주제의식이 변화하게 되는 요인으로 작용하였다. 그는 1965년 동아일보 신춘문예에 시조 「목련」이 당선되고, 그해 '율'동인을 결성하여 활동하였으며, 2004년 타계하기까지 많은 연시조를 남겼다.

이 논문은 박재두의 연시조가 지닌 의미에 대한 고찰을 목적으로 한다. 박재두 시인은 왜 연시조를 많이 창작하게 되었으며 어떤 형식과 내용으로 이루어져 있는지 궁금증에서 본고는 출발한다. 글의 진행 순서는 연시조의 구체적인 사례들을 형식적인 측면과 주제의식의 변모에 따른 내용상의 측면으로 나누어 살피고 취합한 다음에 특징과 의의를 밝히려고 한다.

형식주의자들은 예술 작품의 내용보다 형식을 강조하는 입장이고 무엇을 재현할 것인가 보다는 어떻게 표현할 것인가에 관심이 있다. 그들에게 있어 예술의 형식은 미학의 출발점이자 종착역이라 하겠다. 형식주의자들은 기법과 형식의 중요성을 강조함으로써 예술 작품의 독창성과 실험성을 옹호했다.

여기에 힌트를 얻어 본고는 우선 박재두의 연시조를 추출하여 분류하려고 한다. 이어서 따옴표가 많이 들어간 대화체의 특성에 주목하여 어떤 효과가 있는지 탐색할 것이다. 이어서 내용상으로 변모한 양상을 추적해보려고 한다. 형식이 작품을 담는 그릇의 외형에 해당한다면 무엇을 담느냐의 내용에 따라 작품의 효과는 상이해지기 때문에 내용 또한 중요하다고 보고 주제를 다루는 의식의 흐름을 살펴보려고 한다. 즉 주제의식의 고찰을 통해 궁극에는 형식과 내용의 통합으로써의 조화를 고찰할 것이다.

시조는 기본적으로 초장 중장 종장을 유지하고 정형률의 속성을 지닌다. 그러나 시조의 현대적인 속성은 시조의 특성을 변형시키는 반전통적인 속성에서 비롯한다. 시상의 전개 방식은 형태의 정형성에 내적인 요구를 충족시키는 요인이 된다. 따라서 시상이 어떠한 흐름을 거쳐 전달되는가 하는 것은 시조를 이해하는 중요한 요소가 된다. 시조의 3장 형식은 시의 3행과는 다른 의미구조와 율격을 갖고 있다. 구와 장의 시상과 율격이 대구를 이루며 전개되다가 종장에서 반전되고 집약되는 의미구조면에서 집중성의 묘미를 갖고 있다.

개성 있는 시조를 쓰려고 박재두 시인은 심혈을 기울였다. 그래서 큰 맥락의 관점에서 봤을 때 시조의 관습성을 유지하면서도, 세부적인 면에서는 변화를 주며, 새롭게 표현하려고 노력하였다. 그 중의 하나가 연시조의 창작이다. 시조 창작에 있어 박재두 시인은 선택과 배제의 원리에 의해 이를 테면, 구나 장의 배행구조를 달리 하는 방법도 사용하였다. 그렇지만 따옴표 활용이 훨씬 많기에 효율적이고 집약적인 논리 전개를 하려고 본고에서는 구어체의 활용 및 효과에 집중하였음을 미리 밝힌다.

2. 연시조의 분류

모두 122편을 박재두 시인은 발표하였다. 첫 시조집『유운연화문』에 80수, 두 번째 시조집『쑥뿌리사설』에 42수이다. 실제 수록 편수는 96수이나 이중 54수는 첫 시조집『유운연화문』에 수록한 것을 다시 실었기 때문에 제외하였다.[1] 이를 다시 단수, 2수, 3수 등등 여러 수 별로 분류하여 정리하면 아래와 같다.

---

1) 김동렬, 「운초 박재두 시조 연구」, 창원대 박사논문, 2005년, 9쪽. 본고는 김동렬의 선행연구에 힘입어 논리전개의 편리상 작품 발표 시기를 제 1기는 1965년－1975년 제 1시조집『유운연화문』출판까지로 하며, 제 2기는 1976년－2004년 제 2시조집『쑥뿌리사설』까지로 따른다. 1997년 뇌졸중으로 쓰러지면서 타계까지는 작품 활동을 집중적으로 못했으며, 2004년 유고시집까지 살펴보았다.

수별수록 편수

구분	수록 편수			비고
수별	유운연화문	쑥뿌리사설	계	
단수	15	(6)	15(6)	( )안의 숫자는 제 1시조집 『유운연화문』에 실었던 것을 제2시조집『쑥뿌리사설』에 재수록한 것임.
2수	35	14 (22)	69(22)	
3수	20	9 (18)	29(18)	
4수	8	14 (7)	22(7)	
5수	1	2	3	
7수		1	1	
사설	1	2 (1)	3(1)	
계	80	42 (54)	122(54)	

* ( )안은 『쑥뿌리사설』에 실려 있는 겹치는 작품이라 전체 편수를 셀 때 제외함

한편 수록 편수 별 작품 제목은 다음과 같다. 수록 편수별 작품 제목을 살펴보는 것은 다음에서 논의하게 될 작품 제목의 유형 분류와 연관성을 갖기 때문이다.

수 구분	작품 제목
단수	·남해안 · 파도 · 섬을 보고 · 갈매기 · 가는 봄 · 가을 · 비 오는 밤 · 진주 · 빈 수레 · 내 노래는 · 겨울 밤 · 햇빛 눈 부신 날 · 어떤 가난 · 가을 한 조각 · 돌아오는 길
2수	·미루나무 한 그루가 · 방과 후 · 갯마을 풍경 · 노을 · 꽃 피는 날 · 모란 밭에서 · 꽃의 묵시 · 모란이 피는 날 · 어떤 내란 · 꽃과 찬양대1 · 꽃과 찬양대2 · 동백꽃이 피는 뜻 · 음악 · 꽃샘바람에게 · 꽃밭의 모반 · 비가 —여름밤의 영가 · 부푸는 목련 · 얼음 풀리는 날에 · 한가한 날 · 꽃눈 뜨다 · 매화눈 뜬다 · 씨앗을 뿌려 놓고 · 거미에게 · 매화 아파라 · 이런 역사1 · 이런 역사2 · 이런 역사3 · 화살은 날아 · 꽃 질 무렵 · 가을에 · 저물 무렵에 · 어느 날 서경 · 바람에 밀린 구름 · 5월 아침에 · 5월 한낮에 · 국화를 심어놓고 (·그래 알것다 · 고향 갔다가 · 낯선 이웃 · 별이 있어서 · 엉겅퀴 꽃으로 · 꽃은 만발하여 · 잠버릇 · 꿈과 현실 · 캄캄한 낮 · 돝섬을 보다가 · 쑥물드는 신록 · 한겨울 따뜻한 날 · 어진 산 · 때 아닌 구름—이차돈에게)

3수	·화병 · 찔레꽃 산조 · 포도알 산조 · 산이 뇌인다 · 늪의 뇌임 · 목련 · 들풀같이 · 사금파리를 · 이런 길쌈 · 서리내릴 즈음 · 여울목에 · 난류 · 바람결에 · 밤바다에서 · 바다는 잠결에도 · 구름결에 · 연밭가에서 · 운학문매병 · 꽃 깨우는 바람 · 꽃은 지고 (· 가을비 그친 숲에서 · 수풀에 서리 내려 · 개화기의 시 · 봄 언덕을 보며 · 가랑잎에 묻혀 서다 · 민들레처럼 · 낮잠 · 바람 없는 날 · 파도소리)
4수	·다도해를 지나면서 · 육자배기 ─ 아버님 초상 · 월광곡 ─ 어머님께 · 물소리 · 보리누룸에 · 풀밭에서 · 한송이 민들레 · 우수절의 시 · 가을뜨락에서 (· 강이 혼자 잠깨어 · 돌맹이 한 알 주워 · 사람일기 · 누구였더라(誰何) · 오늘 흐리고 내일… · 녹차빛 귀로 · 자책의 먼지 · 월동준비 · 노고지리 가 · 모래밭에서 · 섬을 보다가 · 민주화로 오는 봄 · 포장집에서 · 아무 일 없는 날)
5수	· 빛을 부르는 새 ─ 닭의 초상 (· 서정의 철새 · 어린 손자, 손가락을 빨아)
7수	(· 참솔 생즙을 마시고)
사설	· 이런 역사 3 (· 쑥뿌리 사설1 · 쑥뿌리 사설2)

표에 나타난 바와 같이 박재두 시인은 제 1기 작품 80수 중 단수 시조가 15수, 2수 시조 35수, 3수 시조 20수, 4수 시조 8수, 5수 시조 1수, 사설시조 1수로 연시조가 65수를 차지하고 있다. 반면에 제 2기의 작품 42수 중 2수 시조 14수, 3수 시조 9수, 4수 시조 14수, 5수 시조 2수, 7수 시조 1수, 사설시조 2수로 특히 1975년 이후에는 거의 단수 시조를 창작하지 않은 것으로 나타난다. 이로써 박재두 시인이 시대의 흐름 즉 작품집 발간 순서에 따라 연시조에 집중하고 있으며 시조에 임하는 의식이나 철학이 변하고 있음을 알 수 있다. 이러한 현상은 현대시조의 변화상과 연동되는 것으로 유추된다.

또한 「이런 역사3」, 「쑥뿌리사설1」, 「쑥뿌리사설2」 등 3편의 사설시조를 싣고 있는데, 30년 이상의 창작생활을 한 중견이지만 사설시조를 많이 창작하지 않은 것은 평소 그가 평시조 정신으로 올곧았다는 알 수 있다. 시조의 전통성 가운데 기본적인 평시조를 지키려 노력해왔다는 반증이 된다. 사설시조의 유혹을 뿌리치고 대신에 연시조에 비중을 두었다고 볼 수 있다. 연시조는 평시조 보다 내용이 긴 만큼 기술을 요한다. 또한 그의 연시조가 갖는 특성은 구의 배치를 달리하는 방식 보다 따옴표를 많이 사용하였다는 점이다. 그렇다면 이것은 어떤 효과가 있는지 이제부터 구체적인 작품을 통해 살펴보려고 한다.

3. 대화체의 활용 및 효과

박재두의 연시조에는 " "의 사용이 자주 등장한다. 이는 다른 시조시인들과 확연히 구별되는 특징이다. 단수 시조가 45자 기준이고 " "를 쓰다보면 시어를 선택하고 이미지를 전개할 때 더 나아가 음수율과 음보율을 맞추는데 제약이 따르게 마련이다. 즉 시조의 기본 형식인 3/4/3/4의 음수율과 4음보가 깨지기 쉽다. 그러나 박재두 시인은 " "를 본문 속에 과감하게 사용하였다. 특히 " " 안의 말은 대부분 한자어나 외래어가 아닌 우리말이라는 점을 감안할 때 시 낭송을 하는데 자연스럽고 용이하며 내용을 이해하는데 생생한 역할을 한다. 따옴표 사용 부분을 인용한 다음의 제목과 인용 시조집의 수록 페이지를 ( )안에 밝힌다.

> "곱게 타리라."2) 한 조각 진한 넋마저
> 눈물도 뼈끝에 접고 허물로 만져왔으니

---

2) 대화체에 밑줄을 그은 것은 시조의 본문 자체에 있는 것은 아니나, 연구자가 눈에 잘 띄고, 설명을 쉽게 하려고 한 것이다.

울음은 파도에 던져 울먹이며 삭이나.
              ―「동백꽃이 피는 뜻」 첫째 수 ― 『유운연화문』(53쪽)

우러러 높은 뜻도 절로 깨칠듯하고
"그렇다" 바람결에도 고개 끄덕여지는
이렇게 넉넉한 날을 진작 몰랐었던고
                ―「가을 뜨락에서」 셋째 수 ― 『쑥뿌리사설』(15쪽)

"이제 오느냐!" 고 손목 잡는 이도 없고
길섶 제비꽃도 고개 숙여 숨어 앉는데
알 듯한 구름송이도 먼 산 밖을 둘러 간다.
                  ―「고향 갔다가」 첫째 수 ― 『쑥뿌리사설』(17쪽)

"암. 아무 일 없었어. 날씨 쾌청하고……"
거짓말 같이 말끔히 지워진 하늘에는
눈 맑은 별빛 몇 톨이 눈 비비고 나온다.
                ―「아무 일 없는 날」 첫째 수 ― 『쑥뿌리사설』(62쪽)

시한폭탄을 묻어 생솔가지 덮어놓고
"너만! 믿는다" 고 오금을 박는다마는
하늘 땅 뒤집힐 일을 막는다고 안 샐까.
              ―「한 겨울 따뜻한 날」 둘째 수 ― 『쑥뿌리사설』(65쪽)

  많은 예시에서 알 수 있듯이 따옴표를 사용하는 횟수가 1기 보다 2기 작품에서 두드러지게 나타나고 있다. 박재두의 시조는 이렇게 시간이 진행될수록 평시조에 비해 연시조로 작품의 길이가 길어지며 따옴표를 많이 사용하는 데 그 이유는 무엇일까?
  현대시조의 개척자인 가람 이병기는 "시조는 혁신하자"는 글에서 여러 주장을 하였다. 그 중의 하나가 연작을 쓰자는 것이다. 가람의 혁신 방안은 그동안 시조단의 관심을 불러일으키며 시조의 현대화에 많은 영향을 미쳤다. 그리고 그것은 작품의 양적 팽창에 못지않게 질적 수준을 고려하는데 큰 역할을 하였다. 그가 주장하는 연시조의 특징은 각각 독립 작품이면서도 서로 관련이 있어 통일된 것이라는 점이다. 독립성과 통일성의 조건 둘을 제시한 것이다. 말하자면 연시조에서 시조의 각 수가 지켜야할 최소한의 조건을 밝히고 있다.

장경렬 역시 최근 「시조의 연시조화, 어떻게 이해할 것인가」라는 글에서 "시조가 단시조에서 사설시조로, 다시 사설시조에서 연시조로 지배적인 창작 경향이 바뀐 것은 시대의 요구와 현실의 변화에 따른 필연적인 것일 수 있"음을 인정하고 이 연시조가 시대적 요구의 산물이고 어쩔 수 없는 것이라면 "시조를 시간성의 시 형식으로 정립케하고 나아가 기승전결의 시작 의미를 3장 6구 12음보의 언어 구조 안에 담도록 유도한 한국 문화권의 문화적 에토스가 무엇인가"라는 질문을 던진다.3)

이렇듯 시조가 연시조화되는 경향은 시조의 정체성뿐만 아니라 미래를 위태롭게 하는 요인이 될 우려가 있으므로 이러한 기준에 부합되지 않는 작품이 많음을 우리는 경계하지 않으면 안 되며 창작에 임해서도 이러한 조건을 잘 지켜나가야 할 것이다.4) 그 이유로 진술을 뒷받침하는 묘사가 뒤따르지 못하면 의미가 없이 내용이 공소해질 우려가 있기 때문이다. 첫 수를 이어받아 내면화를 시키거나 이미지가 더 산뜻하

---

3) 장경렬, 「시조의 연시조화, 어떻게 이해할 것인가」, 『정형시학』, 2015년 가을호, 10~25쪽.
4) 이지엽, 「가람의 시조혁신, 다시 생각한다」, 『가람시학』 제6호, 가람기념사업회 발간, 2015년, 329쪽.

게 다음 수에서 진행되어야 하는 데 이것이 쉽지 않다. 묘사의 긴장이 떨어지지 않도록 해야 하고 시적 대상도 공감에 이르러야 한다. 이러한 작품이 현대시조에서 적지 않음을 경계해야 하며 이병기 시인이 지적한 본래의 뜻이 여기에 있다. 그러므로 새삼 "시조의 격조는 그 작가자기의 감정으로 흘러나오는 리듬에서 생기며 동시에 그 작품의 내용의 미와 조화되는 그것이라야 한다."[5] 라는 점에 유의하며 박재두 연시조의 특성을 살펴보겠다.

"연작(連作)을 쓰자"에서는 오늘날의 생활이 복잡하여지고 새 자극을 많이 받게 됨에 따라 한 수만으로는 부족하여 연작을 쓸 수밖에 없다는 것이다. 연작이란 무엇인가. 한 제목을 가지고 한 수 이상으로 몇 수까지 지어 한 편으로 하는데, 그 한 제목에 대하여 그 시간이나 위치는 같든 다르든 다만 그 감정의 통일만 되게 하는 것이다.[6]

그렇다면 박재두의 연시조들 역시 감정의 통일을 위해 노력한 흔적의 일환으로 대화체를 사용했다고 추론해 본다. 또한 시조를 읽다보면 시조의 주제가 자연예찬과 선비의식의 표출에서 점차 현실 및 역사의식의 고발 쪽으로 전환하고 있는 것을 발견할 수 있다. 시인은 당대의 각종 사회 부조리나 역사적 아이러니를 단순히 인식하는 수준에 머무르지 않고 작품의식에 반영하고 있다. 즉 " " 를 빌어 자연스럽게 할 뿐만 아니라 하고 싶은 말을 실감나게 표현하고 있다. 역사적 사실에 대한 고발이나 현실 비판은 자신의 목소리인 독백보다는 타인의 목소리를 빌어 나타내는 것이 훨씬 더 공감의 폭이 크고 입체적인 효과가 있

---

5) 이병기, 「시조는 혁신하자」 (동아일보, 1932년 2월 12일자), 『가람문선』, 신구문화사, 1966년, 326~327쪽.
6) 위의 책, 327쪽.

기 때문인 것으로 사료된다. 박재두 시인은 강조하고 싶을 때 구어를 반복해서 사용하며 이로써 운율의 효과를 획득한다.

> "벌 받을라. 벌 받을라," 새벽마다 흔드는 지축
> 이 어쩐 풀무질이냐, 기름을 끼얹으며
> 성 머리 북채를 잡고 모둠발을 구른다.
> ──「산이 뇌인다」둘째 수 ─『유운연화문』(58쪽)

> "깨어 있으라─, 깨어 있으라" 하고
> 돌로 굳어 앉은 옆구리 집적이어
> 씻어도 맑게 씻어도 안개 서리는 눈동자.
> ──「강이 혼자 잠 깨어」둘째 수 ─『쑥뿌리사설』(13쪽)

> "그래, 그래, 그래" 소리도 기척도 없이
> 가랑비 옷 젖듯 몰래 드는 번민까지
> 그렇다 봄날 눈 삭듯 삭이고 살 만한 것을 ……

> "알것다, 오냐, 오냐" 말썽도 어리광쯤
> 보채고 칭얼대는 어린 놈 잠재우듯
> 함박눈 내려 쌓이듯 덮어두고 살 만한 일…….
> ──「그래, 알것다」전문 ─『쑥뿌리사설』(14쪽)

> 밤은 늦어 하마 깊이 잠들었을 시간인데
> 착 가라 앉은 소리 "쉬이 쉿!" 발을 맞춘다.
> 이마 적 꼬투리 낚아 무슨 일을 꾸미나
> ──「밤, 파도 소리」첫째 수 ─『쑥뿌리사설』(70쪽)

"죽었나? 죽어지내나! 아직 숨은 붙었나"
창살에 갇혀 앉아
빠끔히 조각난 하늘이나 보고 사는 너와는
애당초 다른 하늘 밑, 나는 이리 자유롭다.
　　　　－「노고지리가」 둘째 수, 셋째 수 －『쑥뿌리사설』(48쪽)

"지지배,
지배지배,
지지배배 지지배배"
미주알 고주알 낱낱이 뭐라 일러바치는

발정 난 노고지리 봄하늘을 덮는다.

"…… 친외세 반민중의 체체란 허깨비는
마구잡이로 마구잡이로 갈기갈기 찢어 발겨……"

던져라!"
돌팔매 뜬다. 때 맞친 종달새.

"어미, 아비 발 뻗치고도 눈물 한 방울 비치지 않을
세상 모르고 자란 철부지들을……

짓이긴 고춧가루다. 최루탄을 먹인다."

이렇게 오는 거란다. 아가야 민주의 봄은
철조망 바리케이트 개나리 빛 노란 연막
화염병
꽃불에 퍼져

온 광장이 벌겋게……
　　　　　　　－「민주화로 오는 봄」 전문 －『쑥뿌리사설』(59쪽)

　여러 편의 예시와 같이 박재두 시인은 구어체를 의도적으로 반복하면서 독자들에게 생생한 느낌을 전달하는 효과를 이루고 있다. 대화하듯 직접 입말을 사용하면 시조의 고유한 정형성인 음수율과 음보율의 규칙에 어긋날 수 있는 반면에, 실감나는 의미 전달을 획득하게 된다. 이렇게 함으로써 박재두 시인은 독자들로 하여금 더 많은 사유를 하도록 감상의 폭을 확장한 것이다. 현대시조가 고정된 형식이라 자유시에 비해 규격화되는 점을 상쇄시키려는 시도였다고 볼 수도 있다. 전반적인 시조 형식은 고수하면서 부분적으로 입말을 끼워 넣어 입체적인 작품이 되도록 노력하였다.

　또 다른 한편으로는 연시조를 많이 창작하되 사설시조를 남용하지 않았던 시인인 점을 감안하면 복잡다양하게 변화하는 현대사회의 흐름 속에서 시조도 당대의 흐름을 따라야 한다는 점, 그러나 정형성을 지키려 했기 때문에 자수가 늘어나는 사설시조 보다는 내용이 깊어지기 위한 노력으로 여러 수를 하나의 시조로 묶는 연시조를 선호했을 가능성이 있다고 본고는 추론한다.

　그의 연시조는 주제 면에서 각각의 단시조마다 하나의 완결을 띠며 전체적인 주제와도 연동이 되고 있는데 여기서 흥미로운 것은 구어체들이 상징성을 지닌다는 점이다. 상징은 해독의 모호성7)을 갖는 동시

---

7) 상징은 본래의 의미를 직접적으로 드러내지는 않는다. 상징의 다양성과 모호성은 상징을 해석함에 있어 어려움을 초래하지만, 이 점이야말로 상징의 존재 가치를 제공해주는 요소이다. 상징이 암호 해독을 필요로 하는 것이라면, 그것은 바로 상징 자체가 하나의 암호, 즉 감추어진 채 간접적으로 제시된 암호문이기 때문이다: 질베르

에 심미적인 힘을 발휘한다. 상징의 미학적 특질은 상징이 우리의 내면에 어떤 의식과 정서를 강하게 불러일으킴으로써 나타난다. 상징의 자율성은 그 모호성을 내포함에도 불구하고 우리 마음에 의미심장한 정서와 인식을 불러일으키는 위력을 지니고 있는 것이다.[8] 상징들로 이루어진 한 편의 시는 우리의 마음을 정념으로 이끌기도 하고, 상징들의 흐름인 음악은 우리의 마음을 열광하게도 하며, 상징으로 표현된 그림은 우리의 마음을 처연함으로 이끌기도 한다.

이와 같은 상징의 효과는 인간의 내면세계가 상징 작용에 의해 자극되어 감추어진 '의미'를 확인함으로써 감흥을 불러일으켜 심미성을 획득하는 데 있다.[9] 이 의미가 감정의 현을 건드리기 때문에 어떤 형태로든 심미성을 획득하는 효과로 나타나는 것이다. 이것이 곧 상징적 행동이나 언어활동에 배어 있는 상징의 심미적이고 미학적인 측면이다.

작가는 언어를 사용하는 만큼 기호적 상징을 사용하고 제도적 상징을 사용한다. 상징은 우선 심상의 일종으로 볼 수 있다. 그러나 일반적 심상이 구체적, 감각적 사물을 환기시키는 낱말이라면, 상징은 그런 사물이 가리키거나 암시하는 또 다른 의미의 영역을 나타낸다.[10]

뒤랑, 『象徵的 想像力』, 진형준 옮김, 문학과 지성사, 1998년, 64쪽.

8) 유영옥, 『상징과 기호의 정치행정론』, 학문사, 1997, 19쪽.

9) 기본적으로 상징은 감춤과 드러냄의 양면성을 수반한다. 감추어진 의미를 확인한다고 해서 이것이 완전한 드러냄을 의미하는 것은 아니다. 감춤(원관념)과 드러냄(보조관념) 사이에는 힘의 긴장이 흐르고, 이 긴장은 양자 간의 사이가 멀수록 고조된다. 때문에 상징을 해석할 때 의미의 모호성이란 벽에 부딪힐 수 있는데, 이 모호성이야말로 신비한 여운을 남기는 요소라고 할 수 있다. 상징은 해석의 어려움에도 불구하고 직유보다 시적 호소력이 크다는 장점을 갖는 것이다, 질베르 뒤랑, 앞의 책, 65쪽.

10) 이상섭, 『문학비평용어사전』, 민음사, 2003년, 156쪽.

4. 주제의식의 변모양상

대화체가 많이 들어가는 형식적인 특성에 이어서, 이번에는 내용상의 어떤 특징이 있는지 살펴볼 것이다. 우선 1기인 전기에 해당하는 『유운연화문』작품에는 자연 친화를 노래하거나 소시민의 삶 혹은 그들의 소박한 의식을 다룬 작품들이 많다. 자연 중에서도 식물을 다룬 시들이 많다. 그가 전통적인 소재를 즐겨 쓰는 이유는 고향 일대에서 자연과 함께 지내온 토착시인이기 때문에 시적으로 접근하기에 용이했을 것이다. 그러나 이러한 자연친화적인 시라고 해서 단순히 서경을 그리는데서 끝나지 않고 삶의 모습과 인생관을 연동시키고 있다.

> 몰라 그렇지 하나씩 깨쳐 가면
> 숨쉬는 이파리마다 눈물겨운 자랑으로
> 지선(至善)한 눈망울들이 반짝이고 있고나.
>
> 깨알같이 볼을 비비며 새기는 목숨이기
> 실핏줄 개울마다 더운 입김을 쐬며
> 청잣빛 하늘 우러러 속엣말을 푸는가.
>
> — 「풀밭에서」 부분

위의 시를 보면 풀잎에 시인의 마음이 투영된 것을 알 수 있다. 시인은 풀밭에서 풀잎을 바라본다. 풀잎에 이슬방울이 맺혀 있다. 시인은 이것을 "지선(至善)한 눈망울들이 반짝이고" 있다고 한다. 풀잎들은 "볼 부비며 깨알같이" 목숨을 새기고 있다. 깨알 같은 목숨이라는 표현이 눈길을 끈다. 또한 풀잎이 하늘거리는 모습을 "청잣빛 하늘 우러러

속엣말을 푼다"고 묘사하고 있다. "속엣말"은 내밀한 시인의 언어와 정
신의 다른 모습이다. 이렇듯 독자는 풀잎이라는 자연물에 투사된 시인
의 염결한 자세를 읽을 수 있다.

이어서 자아성찰을 하면서 주위를 돌아보는 작품들을 살펴보려고
한다. 꼿꼿한 자아의식을 드러내는 다음의 작품들을 예시로 들어 본다.

> 무딘 귓바퀴 눈보라에 찢기운 채
> 보채던 피도 식어 주저앉은 둘치던가,
> 칼날도 삭이는 바람. 청대 같은 나를 깨우나.
>
> 힘겨운 목숨의 짐을 수레로 실어와서
> 굳게 잠긴 무쇠 대문 담 밖에다 부려놓고
> 자물쇠, 녹슨 빗장을 그 누가 따고 있나.
>
> 푸른 강물에 지던 동백꽃빛 피 한 방울
> 내게도 있었던가 바람 자는 이 아침
> 선지피 머리에 이고 고개 드는 생각의 꽃.
>
> — 「꽃 깨우는 바람」 전문

"둘치"는 생리적으로 새끼를 낳지 못하는 짐승의 암컷을 가리킨다.
둘치처럼 무력한 느낌을 빗대어 표현하고 있다. "청대 같은 나"나 "생
각의 꽃"은 시인의 현재를 투영하는 객관적 상관물이다. "생각의 꽃"과
"녹슨 빗장"의 관계를 통해 아픈 자아의식이 드러난다. "무딘 귓바퀴",
"보채던 피도 식어", "굳게 잠긴 무쇠 대문", "자물쇠, 녹슨 빗장", "동백
꽃빛 피 한 방울 / 내게도 있었던가" 등의 시어에서 열정이나 감각이 무
디어진 느낌이 든다. "꽃 깨우는 바람"이라는 제목에서 알 수 있는 것처

럼 열정이 되살아나기를 희원하고 있다. 여기서는 "바람"이 녹슨 열정을 일깨우는 매개가 된다. "칼날도 삭이는 바람"이 녹슨 꽃의 빗장을 열고 다시 피어나길 바라고 있다. 그래야 "바람이 자는 이 아침"에 마침내 "선지피"처럼 붉게 핀 "생각의 꽃"으로 다시 고개를 드는 것이다. 그만큼 청대처럼 푸르고 반듯하길 바라고 있다.

> 잎새 하나로도 가리어질 하늘과
> 눈 감으면 지워지는 별, 구름…… 바람의 이름을
> 동자에 적어 익히며 살아가려 했느니
>
> 실바람만 스쳐도 가누지 못해 몸부림치고
> 환한 얼굴빛 기쁜 듯이 꾸며내며
> 그림자 그늘진 뿌리 지심(地心) 깊이 드리우노니
>
> 고개 들지 못하는 예쁜 죄 하나 저질러
> 없는 듯 들풀같이 흔들리며 가려는 길에
> 허물만 손톱이 길어 찬 하늘을 긁는다.
>
> — 「들풀같이」 전문

산과 들 어디를 가나 볼 수 있는 흔한 "들풀"에 시적 자아를 빗댄 작품이다. 화려하지 않은 소박한 꽃이 시인이 인식하는 자신이라 하겠다. 그러나 들풀이 비바람과 눈보라를 맞으며 자라듯이 생명력이 강하고 해와 달과 별, 구름을 머리에 이고 살아서 자연의 본질을 닮은 속성이 있다. 이 시에 나오는 들풀은 "실바람만 스쳐도 가누지 못해 몸부림"칠 정도로 약하다. 그러나 꺾이지 않고 언제 그랬느냐는 듯이 "환한 얼굴빛"을 되찾아 "그늘진 뿌리"를 "지심(地心) 깊이 드리우"며 유연한 것이

들풀이다. 게다가 "고개 들지 못하는 예쁜 죄 하나" 저지르기를 소망하는 들풀인데 여기서 시인이 말하는 "예쁜 죄"란 소박하면서도 정결하길 바라는 시인의 마음이다. 운초 박재두 시인은 이렇게 들풀처럼 "없는 듯", "흔들리며" 살려고 한다. 하지만 삶은 자기가 바라는 대로만 진행되지 않아 "허물만 손톱이 길어 찬 하늘을 긁는다"라는 구절처럼 후회와 반성의 시간이 수반된다. 「들풀같이」는 곧 거울에 비추어 본 운초의 자화상이자 꼿꼿한 선비정신을 동시에 엿볼 수 있는 절편이라 할 수 있다.[11]

이 시는 윤동주의 '서시'를 연상케 하는 부분이 많다. 우선 사용된 어휘들이 하늘, 바람, 별, 구름 등이라는 점이 눈에 띌 것이다. 자연에서도 특히 순수의 이미지를 환기시키는 이들 어휘들은 맑고 양심적으로 살다 가려는 시인의 인생관들 드러내 준다.[12]

가난을 섞어 들면 찬물에도 맛이 든다.
몇 차례 헛 기침으로 한 끼쯤 건너뛰자
흥부네, 심술 말고도 따로 살맛 있거니…….

(…중략…)

가진 것 없이 머리 둘 하늘은 있고
등성이마다 흘러내리는 넉넉한 빛깔 하며
황금빛 햇살만으로도 만석군이 안 부럽다.

— 「가을 뜨락에서」 부분

---

11) 김동렬, 「운초 박재두 시조 연구」, 창원대 박사논문, 2005년, 187쪽.
12) 박진임, 「운초 박재두의 시조관과 시조 세계 연구」, 한국현대문학연구, 2004년, 443쪽.

"찬물"이라는 시어는 물질적으로 가난하지만 정신은 맑고 정갈한 의식을 지니고 있다. 결기 있고 의연한 자세는 "가난을 섞어 들면 찬물에도 맛이 든다"는 구절에서도 알 수 있다. 이 대목은 "찬물"을 밥 먹듯이 들이킨 자만이 진정으로 아는 지극한 정신의 경지라 하겠다. "홍부네"가 심술 말고도 "따로 살맛"이 있다는 것은 정을 나누며 소박하게 사는 행복의 다른 표현이며 여기서는 박재두 시인이 시인으로서의 청렴한 삶을 지칭하는 것이다. 그래서 "황금빛 햇살만으로도 만석군이 안부럽"게 느껴지는 것이다. 청빈한 시인의 자세가 소슬한 가을 정취와 어우러진다.

　자연을 예찬하고 자아의식이 뚜렷한 시편들에서 진일보하여 시인은 꽃이라는 객관적 상관물을 통해서 역사의식을 느낀다. 다음의 예를 보자.

　　　아홉 겹 성곽을 헐고 열두 대문 빗장을 따고
　　　바람같이 질러 닿은 맨 마지막 섬돌 앞
　　　뼈끝을 저미는 바람, 추워라. 봄도 추워라

　　　용마루 기왓골을 타고 내리던 호령소리
　　　대들보 쩌렁쩌렁 흔들던 기침소리
　　　한 왕조 저문 그늘이 무릎까지 덮는다.

　　　다시, 눈을 닦고 보아라. 보이는가
　　　칼놀음. 번개 치던 칼놀음에 흩어진 깃발
　　　발길에 와서 걸리는 어지러운 뻐꾸기 울음
　　　　　　　　　　　　　　　　　　－「꽃은 지고」 전문

꽃이 지는 모습에서 착안하여 역사의식으로까지 연결시킨 작품이다. 이 시에서는 꽃이 지는 것을 한 왕조의 몰락의 관점에서 바라보고 있다. 먼저 1연에서 바람에 꽃잎이 차례로 지는 모습을 3연에서는 "번개 치던 칼놀음"으로 변하면서 싸움의 현장으로 연결시키고 있어 역동적으로 느껴진다. 외세들이 성을 부수고 쳐들어간다. "아홉 겹 성곽"이나 "열두 대문 빗장", "맨 마지막 섬돌앞" 등은 꽃이 지는 과정을 차례대로 묘사한 부분이다. 한 왕조의 몰락이 백척간두에 이른 위험한 상황이어서 시인은 봄이지만 춥게 감지하는 것이다.

2연은 꽃잎이 떨어지는 과정을 왕조의 몰락이 진행되는 상황과 오버랩이 되고 있다. "호령소리", "기침소리"가 궁궐에 가득하고 여기저기 시체들이 쓰러진 장면이 연상된다. 3연은 2연의 확인과정이다. "번개 치던 칼놀음"과 "어지러운 뻐꾸기 울음"이라는 표현에서 몰락을 재차 확인하고 있다. 피비린내 나는 살인과 여기저기서 울음소리가 들릴 듯해서 이 시는 비극적이다.

이렇게 박재두의 연시조는 2기로 가면서 역사의식이 두드러지는 특징을 드러낸다. 현실을 직시하고 민족정서를 구현하며 불의에 항거하고 비판적인 자세로 임한다. 일제 강점기에 태어나고 성장한 환경을 바탕으로 일제에 대한 저항정신과 민족의식이 자생적으로 우러난 것으로 보인다. 다음은 민주화를 열망하는 시의식이 담겨있다.

"지지배,
지배지배,
지지배배 지지배배"
미주알 고주알 낱낱이 뭐라 일러바치는
발정 난 노고지리 봄하늘을 덮는다.

"……친외세 반민중의 체제란 허깨비는
마구잡이로 마구잡이로 갈기갈기 찢어 발겨……
던져라!"

(…중략…)

화염병
꽃불이 퍼져
온 광장이 벌겋게……

— 「민주화로 오는 봄」 부분

　　1980년대 민주화의 열기가 뜨거웠던 현장이 느껴진다. 이 작품은 구의 형태 변형이 눈에 들어오며 특히 구어체를 효과적으로 사용하여 시가 한층 역동적으로 느껴진다. 줄임표(……)는 문장 부호의 하나로 할 말을 줄였을 때 쓰거나 말이 없음을 나타날 때 쓴다. 박재두의 시조에서는 "할 말을 줄였을 때 쓴다." 쪽에 의미를 둔다. 이로써 절제된 표현의 묘미가 느껴지고 여운도 배가시킨다. 줄임표(……)를 배치함으로써 독자들로 하여금 더 많은 사고와 감상을 할 수 있도록 의도적으로 줄임표(……)를 쓴 것이다. 줄임표(……)를 통하여 현대시조가 고정된 형식이라 자유시에 비해 의미와 이미지 전달이 한정될 수 있는 점을 만회하려고 했을 것 같다. 줄임표(……) 이후 부분은 독자들의 몫으로 해석의 여지를 둔 것이다.
　　노고지리의 울음소리를 "지지배(계집이 연상된다)", "지배지배(지배층 권력층이 연상된다)", "지지배배(종달새 울음이 연상된다)"로 구분하여 표현한 것도 감상의 폭을 넓히는 효과가 있다. 이것으로 미루어 시인이 청각적인 감각의 표현에 심혈을 기울였다는 것을 알 수 있다.

종달새의 소리를 통해 시인이 하고 싶은 말을 전하고 있다. 그러고 보니 종달새 소리에서 시위 구호가 떠오른다. 핵심 구호는 "친외세 반민중"이겠다. 이로써 시인의 비판정신을 느낄 수 있는데 급기야 종달새는 "마구잡이로 갈기갈기 찢어 발"기라고 외친다. 80년대의 격렬한 민주화의 상황에 놓인 시인의식을 엿보게 하는 작품이다.

> 의붓어미 그늘에서 풀물 든 설움이야
> 떫은 보릿고개 도토리랑 삼켰다마는
> 퍼렇게 민적에 앉은
> 식민의 피는 못 지웠다.
>
> 뼈마디 물러앉고도 못 벗은 징용살이
> 동자 깊이 박고 간 황토빛 타는 산천
> 풀국새
> 뭉개진 울음
> 쑥빛으로 물드나.
>
> ―「쑥물 드는 신록」 전문

일제 강점기 민족의 한이 배어 있는 작품이다. 우리 민족은 일제라는 "의붓어미 그늘"에서 36년 동안 "풀물 든 설움"을 겪었다. 그래서 쑥이나 "도토리" 등으로 "보릿고개"를 넘기며 힘든 가난을 견디어 냈다. 그리고 해방을 맞았지만 우리의 손으로 이룬 해방이 아니었고 일제의 잔재 청산이 되지 않은 채 다시 한국전쟁을 겪어야 했다. 결국 지금의 분단국가가 된 역사적 정황과 아픔이 고스란히 느껴지는 작품이다.

"퍼렇게 민적에 앉은/ 식민의 피는 못 지웠"으며, "뼈마디 물러앉고도 못벗은 징용살이"라는 부분에서 시인의 역사의식이 드러난다. 강제 징용으로 끌려간 동포들의 한과 그들이 그리워하는 꿈에도 못 잊을 고향산천을 생각하면 가슴이 아픈 시이다. "신록" 빛깔이 "파랗게" 가 아니라 "퍼렇게"라고 표현한 데서 민족의 설움이 깊게 전하여 온다. 그래서 한이 맺히고 "풀국새" 울음으로 이 산하가 "쑥빛"으로 물드는 것이다.

시인이 그의 시대와 현실에 대해 고뇌를 기록한 것은 당연히 가치 있는 인간 체험의 기록이다. 박재두 시조의 출발은 자연의 아름다움, 일상 서정의 형상화였다. 그러나 한국전쟁, 자유당 정권, 반공과 유신 체제 등 역사의 질곡을 거치면서 현실인식과 역사의식이 강한 작품세계로 변모해갔다. 역사와 현실에 맞물려 그의 시세계는 향토적 서정성에 안주하지 않고 현실의 모순과 비도덕성에 대한 저항 정신을 높이며 현실을 비판하였다.

5. 나오며

박재두 시인은 연시조를 많이 창작하였다. 그가 연시조를 많이 창작한 것은 복잡 다양한 현실의 내용을 효율적이면서도 깊이 있게 전달하기 위한 노력의 일환이었다. 평시조는 단조로워질 수 있고 사설시조는 산문처럼 늘어지기에 그 접점으로 전통성과 현대성의 조화를 위해 연시조라는 전개방식을 선호하였다고 본다. 본고는 형태적인 면과 내용적인 측면으로 나누어 작품의 특징을 살펴보았다. 우선 형식적인 면에서 발견되는 특이사항은 구의 배행을 달리하는 일반적인 방법 못지않게 대화체를 많이 구사하고 있다는 점이다. 이는 다른 시조시인들과 변별이 되는데 착안하여 본고는 대화체의 사용 사례와 효과를 집중적으로 짚어보았다. 그 결과 음수율과 음보율의 관행에 지장이 생길 수 있으나 입체적인 효과가 있어 시조를 읊기에 좋고 전달력이 생생하다는 장점을 들 수 있다.

또한 역사적이고 사회적인 모순이나 부조리를 " "를 사용하여 하고 싶은 말을 실감나게 표현한다. 역사적이고 현실적인 비판은 자신의 목소리보다는 타인의 목소리를 빌어 나타내는 것이 즉 대화체를 구사하는 것이 독자의 공감의 폭이 크기 때문이다. 이는 자유시에 비해 현대시조는 고정된 형식이라 규격화되는 우려를 보완하는 방법이 된다. 대화체는 호흡과 속도의 조절이 용이하고 모국어 특히 한자어가 아닌 우리말의 사용이 많다. 그래서 율격과 구조에 변화를 주고 새로운 면모를 보여주는 실험정신의 산물이다. 전반적인 형식은 지키면서 부분적으로 입말을 넣어 변주하면서 새롭고 입체적인 작품이 되도록 하였다.

다음으로 작품 속에 나타나는 시적 정서와 의식의 변모를 살펴보았다. 작품의 내적 의식은 시정신과 관계를 맺고 있는데, 1기 『유운연화문』의 주된 정서는 자연과 고향이라는 향토적인 것과 교감하려는 서정성이다. 자연과 친화하는 소시민으로서의 소박한 삶을 다룬 작품들이 많다. 이때는 자연물을 소재로 많이 사용하였으며 그 중에서도 식물을 다루었다. 또한 그는 남도의 풍요와 정서를 담은 전통적인 소재를 즐겨 쓰면서 평생을 고향인 통영 일대에서 자연과 함께 지내온 향토시인이다. 통영은 부산과 여수 사이를 내왕하는 항로의 중간 지점으로 문향(文香)이 넘친다.

창작시기별로 2기에 해당하는 『쑥뿌리사설』로 갈수록 현실에 눈을 돌리면서 현실세계에 대한 비판을 지향하게 된다. 현실과 인생에 대한 이치를 살피고, 삶에 대한 가치 판단을 하면서 나라 사랑하는 모습을 형상화하였다. 또한 사회정의와 자유의지를 추구하면서 현실에 안주하려는 사람들의 의식을 자극하고 일깨웠다. 이렇듯 시대의 흐름에 따라 박재두 시인의 시세계는 자연 친화와 자아성찰에서 거시적으로 확대하여 역사의식과 비판정신을 다루게 된다. 이러한 내용을 담아 형식적으로는 대화체를 사용하며 시조의 정형성을 지키면서도 변화를 주어 내용과 형식이 조화로운 효과를 획득한다.

참고문헌

● 기본자료

박재두,『유운연화문』, 금강출판사, 1975.
박재두,『쑥뿌리 사설』, 태학사, 2004.

● 단행본

김열규,「한자 올리듯 적는 '율' 동인론」, 율 시조 문학 동인회 지음,『율동
　　　　인 시조 선집』, 도서출판 나라, 1997년 10월.
김재홍,「현대 시조의 한 점검」,『시조월드』제9호, 2004년 하반기호.
김 현,「존재(存在)의 인식을 향한 모색」,『현대시학』, 1981년 1월호.
민병기,「한글 문예의 꽃, 운초의 시조」,『경남문학』, 2004년 여름호.
박시교,「설득력(說得力)—박재두의 시세계(詩世界)를 중심(中心)으로」,『현
　　　　대시학』, 1997년 8월호.
이상섭,『문학비평용어사전』, 민음사, 2003년.
이병기,「시조는 혁신하자」,『가람문선』, 신구문화사, 1966년.
이우걸,「시인(詩人)의 눈」,『현대시학』, 1982년 7월호.
이지엽,「가람의 시조혁신, 다시 생각한다」,『가람시학』제6호, 가람기념사

업회 발간, 2015년.

장경렬, 「시조의 연시조화, 어떻게 이해할 것인가」, 『정형시학』, 2015년 가
    을호.

질베르 뒤랑, 『象徵的 想像力』, 진형준 옮김, 문학과 지성사, 1998년.

유영옥, 『상징과 기호의 정치행정론』, 학문사, 1997년.

• 논문

김동렬, 「운초 박재두 시조 연구」, 창원대 박사논문, 2005년.

민병기, 「정형시와 자유시」, 한국시학회 간, 『한국시학연구』 제4호, 2001
    년 4월.

박진임, 「운초 박재두의 시조관과 시조 세계 연구」, 한국 현대 문학 연구회
    간, 『한국 현대 문학 연구』 15집, 2004년 6월.

백석과 박용래 시의
병렬적 나열 방식
비교 고찰

1. 머리말

　문학 작품은 유기적인 연관 속에서 서로 영향을 주고받는다. 이러한 '상호텍스트성'[1]에 입각할 때 문학 작품은 여러 작품들을 바탕으로 다른 작품들과 유기적으로 창작되는 것이므로, 이러한 연관 관계 속에서 문학 작품을 바라볼 때에 그 작품을 폭넓게 이해하게 된다. 물론 상호텍스성은 각각의 텍스트에 대한 타당한 이해와 해석이 선행되어야 한다는 것은 주지의 사실이다. 개별 작품에 대한 이해와 해석이 이루어진

---

[1] 줄리아 크리스테바는 바흐친의 양가성 이론을 설명하며 '상호텍스트성(intertextuality)'이라는 개념을 처음으로 제시한다. "'양가성'이라는 용어는 역사(사회)가 텍스트로 삽입되며 그 텍스트가 다시 역사로 삽입되는 것을 암시한다. 작가에게 있어 그들은 동일한 것이다. …(중략)… 바흐친은 글쓰기를 이전 문학의 총체적 덩어리에 대한 읽기로서 그리고 텍스트를 다른 텍스트의 흡수와 그에 대한 대답으로 간주한다." (Julia Kristeva, 「말 · 대화, 그리고 소설」, 여홍상 역, 여홍상 편, 『바흐친과 문학이론』, 문학과 지성사, 1997, 241쪽.)

후에는 그것을 다른 작품들과의 연장선상에서 바라보는 폭넓은 시야가 필요하다.

상호텍스트성을 활용한 논의의 중요성은 그동안 제기되어 왔으나 백석과 박용래 시에 있어서의 병렬적인 전개에 해당하는 논의들이 이루어지지 않았다. 그러므로 상호텍스트성에 대한 이론적 연구를 확대하여 보다 많은 작품들을 대상으로 상호텍스트적 관계 양상의 검토가 요구된다. 이론과 실제 예시들을 결합한 논의의 필요성으로 본고에서는 백석과 박용래 시에 나타난 병렬적 전개방식을 상호텍스트성과 연관을 지어 서술하고자 한다.

우선 백석이 발표한 시집은 『사슴』단 한 권에 불과하지만, 담의는 활발하게 이루어져 오고 있다. 주지하듯 백석 시에 대한 그간의 논의 중에 많은 부분을 차지해 온 것은 구문에 대한 연구, 토속성, 모더니티 측면의 연구, 자연과의 합일 정서에 대한 연구 등으로 크게 나누어볼 수 있다. 박용래에 대한 연구도 백석과 겹치는 부분이 있다. 그 중에 토속성과 모더니티에 대한 논의와 병렬적인 구조, 친자연성과 단순성의 미학 등이 꼽힌다.

이렇게 백석 시와 박용래 시에 대한 연구들은 곧 백석 시와 박용래 시의 관심을 대변하는 것이기도 하다. 이에 본고에서는 백석 시와 박용래 시를 비교하여 공통된 특성을 추출하여 상호텍스트성이 갖는 의미를 찾아보겠다.

2. 토속성과 모더니티의 융합

시인은 언어를 통해 자신의 생각을 표현하고 이를 구체화한다. 독자
는 시에 쓰인 언어를 매개로 하여 작가의 생각을 읽어나가는데, 이 때
중요한 하나의 축으로는 "문학 해석의 핵심에 있는 사실이 인간은 주체
적인 존재"[2]라는 점이다. 이 말은 독자가 자기 마음대로 시 작품을 해
석해도 된다는 뜻이 아니다. 시에 표현된 작가의 생각을 바탕으로, 독
자가 자신의 작품 수용 영역을 조절할 수 있다는 것이다.[3] 한 작가의
작품만 읽을 때는, 독자의 수용 영역이 좁아질 수도 있다. 이는 한 작가
의 작품의 특성을 이해하고 감상하는데 머무를 뿐이고 다른 작품으로
확장시키는데 어려움이 따른다는 뜻이다. 또 작품에 대한 해석과 감상
이 적절한 지에 대한 판단을 내리는데 비교 대상이 없어서 어려울 수
있다는 의미이다. 이러한 어려움들을 해소하기 위해서 상호텍스트성
을 가진 작품들을 연결하여 읽는 방법을 제안한다. 동일한 시적 형상화
방식을 가진 작품을 함께 읽으면, 독자는 시를 쉽고 재미있게 느끼게
되며 보다 심화된 이해에 도달하게 된다. 그리고 수용 영역을 다른 작
품으로 확장하는데 도움을 받을 수도 있고, 수용 판단의 기준을 세우는

---

[2] 김우창, 「주체의 형식으로서의 문학—작품 해석의 전제에 대한 한 성찰」, 『김우창 전집1—궁핍한 시대의 시인』, 민음사, 1977, 357쪽.

[3] 이에 대해 윤여탁은 다음과 같이 설명한다.
"즉 시를 읽는 제일 처음 단계에서는 문학의 언어를 바르게 읽어내는 해석의 과정을 거쳐야 하며, 이 다음에는 문학적으로 형상화 된 의미를 작가나 배경이 되는 세계와 관련하여 파악하는 이해의 과정에 이를 수 있다. …(중략)…(그리고 이 과정을 거쳐서 궁극적으로 문학 작품의 독서나 교육은 독자나 학습자 자신의 삶이나 경험에 조회하는 내면화 단계인 감상의 과정으로 이어진다는 사실이다."
(윤여탁, 『현대시의 내포와 외연』, 태학사, 2009, 94쪽)

데도 유용할 수 있다.4) 이와 비슷한 맥락에서 "저자와 저자, 텍스트와 텍스트, 저자와 독자 등의 사이와 차이에 눈을 돌려" "이론화에 도달" 하도록 유도하는 것도, 상호텍스트성을 가진 작품들을 연결하여 읽는 방법의 의의가 될 수 있다.5)

백석의 시와 박용래의 시를 읽을 때에도 이런 견해는 적용된다. 이들의 시에서는 공통적으로 토속성과 모더니티가 혼융된 모습이 나타난다. 토속성은 시에 쓰인 소재와 어휘, 그리고 시의 내용이 드러내는 정취 등을 통해 구현된다. 토속적인 것은 우리 고유의 전통과 맥락이 닿아 있어 많은 시인들에게 매력적인 대상이다. 하지만 이것에만 너무 깊이 빠져들면 시의 참신성을 떨어뜨리고 고리타분한 느낌을 주게 될 우려가 있다.

토속성이 전통적인 것과 연결된다면, 모더니티는 현대의 새로운 것을 지향한다고 볼 수 있다. 백석 시와 박용래 시에서 모더니티는 공통적으로 감정을 배제한 객관화된 표현에서 드러난다. 대상의 이미지를 포착하여 객관적으로 형상화함으로써 모더니티를 구현해내는 것이다. 모더니티를 구현하는 데 너무 경도되다 보면 서구 문명에 대한 무분별한 추수주의라는 비난을 면하기 어렵다. 하지만 백석과 박용래는 이러

---

4) 이에 대해 김도남은 다음과 같이 설명한다.
    "그 동안의 텍스트 이해 지도가 주로 단일 텍스트의 내용을 파악하기 위한 접근으로 이루어졌지만, 이에서 벗어난 접근이 필요하다. 단일 텍스트에서 벗어나 다중 텍스트를 활용함으로써 내용의 인식을 확장하고 의미 찾기나 의미 이해의 폭을 넓힐 수 있다. …(중략)… 텍스트 이해 지도에서 서로 관계있는 여러 텍스트를 활용할수록 학습자의 내용에 대한 인식의 확장을 가져온다. …(중략)… 다른 텍스트를 함께 읽어봄으로써 이들 텍스트의 의미를 고려하여 텍스트의 의미를 이해하게 되면 독자의 의미 이해는 타당성을 높일 수 있다."
    (김도남, 『상호텍스트성과 텍스트 이해 교육』, 박이정, 2003, 150~151쪽 요약)
5) 정재찬, 『문학교육의 사회학을 위하여』, 도서출판 역락, 2003, 339~361쪽 참조.

한 우려를 피해간다. 그들은 어울리지 않아 보이던 토속성과 모더니티를 융합시킨다. 다음의 예시를 보면,

가) 짝새가 발뿌리에서 닐은 논드렁에서 아이들은 개구리의 뒷다
　리를 구워 먹었다

　게구멍을 쑤시다 물쿤하고 배암을 잡은 늪의 피 같은 물이끼
　에 햇볕이 따그웠다

　돌다리에 앉어 날버들치를 먹고 몸을 말리는 아이들은 물총
　새가 되었다
　　　　　　　　　　　　　　　　　　— 백석, 「夏畓」 전문

나) 불을 끈 방안에 횃대의 하이얀 옷이 멀리 추울 것같이

　개방위로 말방울 소리가 들려온다

　문을 연다 머루빛 밤한울에
　송이버슷의 내음새가 났다
　　　　　　　　　　　　　　　　　　— 백석, 「머루밤」 전문

다) 여름 한낮// 비름잎에// 꽂힌 땡볕이// 이웃 마을// 돌담 위// 軟
　柿로 익다// 한쪽 볼// 서리에 묻고// 깊은 잠 자다// 눈 오는 어
　느 날// 깨어나// 祭床 아래// 심지 머금은// 종발로 빛나다.
　　　　　　　　　　　　　　　　　　— 박용래, 「軟柿」 전문

라) 잠 이루지 못하는 밤 고향집 마늘밭에 눈은 쌓이리.
　잠 이루지 못하는 밤 고향집 추녀밑 달빛은 쌓이리.

발목을 벗고 물을 건너는 먼 마을.
고향집 마당귀 바람은 잠을 자리.

— 박용래,「겨울밤」전문

　백석은 전근대적인 공간을 시의 중심으로 끌어들여오면서 소재를
현대적인 기법으로 구성해낸다. 백석의 시는 가장 근대적인 것과 가장
전근대적인 것의 융합형태를 휘하고 있는 것[6]이다. 우선 가)를 보면 토
속적인 소재와 어휘를 사용하여 시행을 병렬적으로 나열하고 있다. 우
리 고유의 정취를 배경으로 하면서도 감정을 배제하고 객관화된 표현
이 솔깃하다. 아이들이 논두렁을 뛰어다니면서 놀고 짝새는 놀라 날아
오른다. 날버들치를 잡아먹는 아이들의 모습이 물고기를 낚아채는 "물
총새"로 비유되면서 아이들은 자연과 합일된다.

　나) 역시 밤하늘의 어두운 색을 머루 열매의 색에 비유하는 것에서부
터 토속적인 느낌을 자아낸다. 토속적인 정취가 풍기는 정경과 함께
"횃대", "말방울 소리", "송이버섯" 등의 어휘들도 토속적인 정감을 불
러일으키는 데 한몫을 한다. "송이버섯의 내음새"라는 후각적 표현과
"머루빛 밤한울"이라는 시각적인 감각을 동원하여 구체적으로 묘사를
하고 있다. 이렇게 토속적인 것을 소재와 어휘로 취하면서도 주관을 배
제한 이미지의 제시라는 현대적인 방법을 취하고 있다.

　백석 시의 형상화 방식을 박용래의 시에서도 찾아볼 수 있다. 다)에
서 시에 등장하는 소재들은 향토적이지만 구현하는 방법은 감정을 절
제하고서 이미지를 전개해 나가고 있다. "연시"가 한겨울의 눈오는 날
비로소 제사라는 집안의 행사에서 "종발"에 놓여 빛나기까지는 뜨거운

---

6) 송기한,「백석 시의 고향 공간화 양식 연구」,『한국문학이론과 비평』Vol.21, 한국
　문학이론과 비평학회, 2003, 302쪽.

햇볕이 의미하는 인고의 세월을 잘 견뎌야 한다. 뜨거운 햇볕은 보잘 것 없는 "비름잎"이나 과일이나 차이를 두지 않고 내리쬔다. "비름잎", "땡볕", "돌담", "제상", "종발" 등의 어휘와 연시가 익는 정경과 제상의 모습은 토속적인 정감을 불러일으킨다. 그러나 이를 형상화하는 방식은 감정을 직접 노출하지 않는 극히 세련된 현대적인 기법이다. 그의 시적 언어와 세계는 매우 토속적이고 향토적이지만 시의 기법과 형태는 매우 현대적이라는 데에 그의 시의 개성과 성취[7]가 있다.

라)의 고향은 마늘밭과 추녀 밑에 눈이 쌓이는 곳이고 물을 건너야 닿을 수 있는 전형적인 시골마을이다. 이 시에서도 박용래는 "마늘밭", "추녀밑", "마당귀" 등의 어휘를 사용하고 "고향집"의 풍경을 그려내어 토속적인 분위기를 형성하였다. 화자는 유년 시절의 고향집을 생각하며 애상에 젖어들지만 그러한 정서를 직접적으로 표출하지는 않는다. 객관화된 표현을 하는 것으로 보아 창조적으로 토속성을 모더니티화하고 있다.

창조력과 결부되지 못한 전통은 이미 과거의 한 유물에 지나지 않으며 전통의 배경을 갖지 못한 창조력이란 또한 단순한 혈기에 지나지 못하는 것이다. 전통과 창조력은 서로 떠날 수 없는 동일한 혈육 관계에 있다고 할 것이다.[8] 이와 같이 전통을 창조적으로 수용할 때, 상상력이 확대되고 이는 또 다른 창작으로 나아가는 길이 된다. 전통의 창조적 수용 양상을 확인하고 이를 통해 상상력을 계발하는 것은 중요한 목표 중의 하나가 된다.[9] 이는 백석 시와 박용래 시의 여러 작품에서 확인해

---

7) 고형진, 「한국적 서정시의 형식적 깊이─박용래의 시세계」, 『또 하나의 실재』, 새미, 2003, 13쪽.

8) 조연현, 「문학의 이상과 현실」, 권영민 편, 『한국의 문학비평 ②』, 민음사, 1995, 120쪽.

볼 수 있다. 백석의 시에서 보이는 병렬적 나열 구문의 의미 통합 방식은 박용래의 시에서도 나타나는데, 보다 창조적으로 계승된 모습을 발견할 수 있다. 각각의 예시를 통해 살펴보기로 한다.

　　　흙담벽에 볕이 따사하니
　　　아이들은 물코를 흘리며 무감자를 먹었다

　　　돌덜구에 천상수天上水가 차게
　　　복숭아나무에 시라리타래가 말러갔다
　　　　　　　　　　　　　　　　― 백석,「초동일初冬日」전문

　"초동일"은 절기상 입동이다. 제목에서 초겨울의 풍경을 그린 작품임을 알 수 있다. 두 개의 연이 서로 대응을 이루며 하나의 의미로 통합되고 있다. 1연에서는 흙으로 만든 벽이 햇볕으로 인해 따뜻해지는 가운데, 아이들은 물코를 흘리면서도 무감자(고구마)를 맛있게 먹는 모습이 나온다. 2연에서는 돌로 만든 절구에 찬 천상수(빗물)가 고여 있고, 복숭아나무에 걸린 시라리타래(시래기를 엮은 타래)가 말라가는 모습이 그려진다. 두 개의 연은 앞서 말했듯이 서로 대응을 이루며 이야기가 전개된다. 1연에는 따뜻한 배경에서 고구마를 먹는 풍경이 나온다.

---

9) "문학교육의 궁극적인 목적은 이해가 아니고 정신의 상상적 습관, 다시 말하면, 옛것을 숭배하는 대신에 새로운 형식을 창조하는 본능을 문학의 실험실로부터 인류의 생활로 옮기는 것이다."
　(N. Frye,『문학의 해석』, 김인환 역, 홍성사, 1978, 190쪽.)
　"문학 교육이나 시 지도는 이러한 과정, 바꿔 말하면 상상력을 통한 감수성의 계발, 현실이나 역사를 보는 문학적 상상력의 증진, 이것이 궁극적인 목적이 되어야지 행동, 세계관의 발견이 궁극적 목적이 될 수는 없는 것이다."(양왕용,『현대시 교육론』, 삼지원, 1997, 30쪽.)

반면에 2연에서는 찬 느낌과 더불어 음식의 재료인 시래기타래가 말라
가는 모습이 나타난다. 그리고 1연에서 쓰인 "흙담벽", "물코", "무감자"
라는 어휘는 모두 부드럽고 무른 느낌이 들지만, 2연에서 쓰인 "돌덜
구", 말라가는 시래기타래는 건조하고 딱딱한 느낌을 자아낸다. 이렇게
대응을 이루는 두 연이 융합된다. "시래기타래가 말라가는 모습과 아이
들이 볕을 쬐는 모습이, 돌절구에 고인 물과 아이들이 흘리는 물코가
유사한 장면"을 이루며 "개별적인 풍경은 서로 만나게 되는 것"이다.10)

> 오는 봄비는 겨우내 묻혔던 김칫독 자리에 모여 운다
>
> 오는 봄비는 헛간에 엮어 단 시래기 줄에 모여 운다
>
> 하루를 섬섬히 버들눈처럼 모여 서서 우는 봄비여
>
> 모스러진 돌절구 바닥에도 고여 넘치는 이 비천함이여.
> ― 박용래, 「그 봄비」 전문

　봄비가 내리는 풍경을 병렬적으로 나열한 이 시는, 마지막 연의 "비
천함"이라는 말로 전체 의미가 응축된다. '그 봄비'는 "만물을 소생케
해주는 생명력 있는 것이 아니고 궁핍한 세계를 드러내는 봄비이다."11)
봄비가 내리는 곳은 "겨우내 묻혔던 김칫독 자리"이고, "헛간에 엮어
단 시래기 줄"이며 "모스러진 돌절구 바닥"이다. 이것들은 모두 우리

---

10) 권혁웅, 「백석시의 비유적 구조」, 『한국문학이론과 비평』 Vol.14, 한국문학이론과
　　비평학회, 2002b, 321쪽 참조.
11) 최승호, 「박용래론:근원의식과 제유의 수사학」, 『우리말글 Vol.20, 우리말글학회,
　　2000』, 17쪽 참조.

삶의 궁핍하고 초라한 부분들을 나타낸다. 그리고 봄비가 내리는 것을 "운다"라고 표현하며 여리고 가냘픈 버드나무에 비유한다. 생명력이 넘치는 봄비가 아니라 "모여 서서 우는" 모습이며 "모스러진 돌절구 바닥"에도 한참동안 고여야 흘러넘칠 수 있는 "비천함"이다.

위의 두 작품 역시 병렬적으로 나열된 모습이 보인다. 백석의 '초동일'은 1연과 2연의 내용이 서로 대응을 이룬다. 박용래의 '그 봄비'는 봄비가 내리는 곳이 "겨우내 묻혔던 김칫독 자리", "헛간에 엮어 단 시래기 줄", "모스러진 돌절구 바닥"으로 열거된다. 하지만 백석과 박용래 시의 특징은 이렇게 병렬적으로 나열된 것에서 그치는 것이 아니라, 궁극에는 통합되는데 있다. '초동일'은 앞에서도 살펴봤듯이 1연과 2연의 개별적인 풍경이 서로 만나고 있고, '그 봄비'도 "비천함"이라는 말로 각 연의 내용이 압축된다.

하지만 두 작품은 이런 공통점 외에도, 백석의 '초동일'을 박용래의 '그 봄비'가 창조적으로 계승한 면모를 발견하게 된다.[12] '초동일'은 1연의 따뜻한 배경 아래 음식을 먹는 모습이 2연에서의 차고 음식이 말라가는 모습과 대응된다. '그 봄비'는 '초동일'의 2연의 내용과 모티프가 닮았고 병렬적으로 열거하고 있다. '초동일'의 2연에서 나오는 "돌덜구", "시래기타래"는 '그 봄비'에서 하나씩 병치되고, '초동일'의 "천상수"는 '그 봄비'에서 "봄비"로 변형되어 병치된 "돌절구"와 "시래기 줄"을 서로 엮어주는 역할을 한다.

이렇게 병렬적으로 나열된 이미지들이 통합되는 양상으로 거듭나고 있다. 그리고 이러한 방식은 박용래의 시에서 창조적으로 수용되어 새

---

12) 고형진은 이에 대해 "이 간명한 스케치의 시는 박용래의 명시 '그 봄비'에 깊숙이 드리워져 있다."고 언급한다. (고형진, 『백석시 바로읽기』, 현대문학, 2006, 130쪽.)

로운 작품으로 창작되기도 한다. 바로 이 과정에서 상상력이 개입된다. 곧 "예상치 못한 것에서 관련성을 포착하고, 다른 관찰자들에게는 사소하거나 억압적인 것이 될 수도 있는 것에서 진가를 인정하며, 형식적인 외양에서 심오함을 찾아내는 것이 시적 상상력"13)으로 작용하는 것이다. '초동일'의 1연과 2연에서 나타나는 병렬적 나열 방식에서 형식적인 외양의 심오함을 발견하고, 2연의 "돌절구", "시래기타래", "천상수"에서 '관련성을 포착'해내어 창작한 '그 봄비'가 바로 '시적 상상력의 소산'이 되고 있다. "전제적 상상력은 공간의 질서를 전도"14)시키는데 시 작품에서 '공간의 질서'는 행과 연의 구분에 따라 드러나기도 한다. "현대시는 시인의 창조적인 예술적 상상에 따라 개성 있게 행과 연이 구분될 수밖에 없"15)는 것이다.

> 자즌닭이 울어서 술국을 끓이는 듯한 추탕鰍湯집의 부엌은 뜨수
> 할 것같이 불이 뿌연히 밝다
>
> 초롱이 히근하니 물지게꾼이 우물로 가며
> 별 사이에 바라보는 그믐달은 눈물이 어리었다
>
> 행길에는 선장 대여가는 장꾼들이 종이등燈에 나귀눈이 빛났다
> 어데서 서러웁게 목탁木鐸을 뚜드리는 집이 있다
> — 백석,「미명계未明界」전문

13) Jonathan Culler,『문학이론』, 이은경 · 임옥희 공역, 동문선, 1999, 130쪽.
14) Hugo Friedrich,『현대시의 구조:보들레르에서 20세기 중반까지』, 장희창 역, 지식을 만드는 지식, 2008, 92쪽.
15) 양문규,『백석 시의 창작방법 연구』, 푸른사상, 2005, 88쪽.

먼저 백석의 예시를 보면 1연에서는 아직 동트기 전인데도, 추탕집의 부엌에선 벌써 음식 준비가 한창이다. 탕 요리를 하느라 부엌에 김이 뿌옇게 가득 찬 모습을 '뜨수할 것같이 불이 뿌연히 밝다'라고 표현하였다. 2연에서는 아직 어두운 가운데 물지게꾼이 우물로 물을 뜨러가는 풍경이 그려진다. 물지게꾼이 들고 가는 초롱이 히끗히끗하게 보이는 가운데 그믐달을 바라보는 물지게꾼의 눈에는 눈물이 어린다. 마지막으로 3연에서는 장꾼들이 장으로 가는 모습이 그려진다. 종이 등의 뿌연 불빛에 나귀의 눈이 빛나는 것이 보인다. 이 시의 제목으로 쓰인 '미명'은 날이 아직 밝지 않은 새벽을 가리킨다. 이 시간은 어둠과 밝음이 오묘한 경계를 이루고 있는 때이다. 이러한 미명의 세계를 백석은 세 개의 연으로 나누어 개별적이며 병렬적으로 그려낸다. 1연에서는 부엌의 불이 뿌연 김에 싸여있는 모습이 느껴지고, 2연에서는 초롱이 히끗히끗하게 빛나는 모습, 3연에서는 종이 등을 통해 새어나오는 불빛으로 형상화한다. 새벽은 밤과 아침의 기온 차이로 이슬이 맺히는 때이기도 하다. 이것은 1연에서는 김이 서려 있는 모습으로, 2연에서는 물지게꾼의 눈에 어린 눈물로, 3연에서는 나귀의 눈이 촉촉하게 빛나는 모습으로 통합되어 표현되어 있다.

> 싸리울 밖 지는 해가 올올이 풀리고 있었다.
> 보리바심 끝마당
> 허드렛군이 모여
> 허드렛불을 지르고 있었다.
> 푸슷푸슷 튀는 연기 속에
> 지는 해가 二重으로 풀리고 있었다
> 허드레,

허드레로 우는 뻐꾸기 소리
징소리
도리깨 꼭지에 지는 해가 또 하나 울음이 풀리고 있었다.

— 박용래, 「點描」 전문

　해질녘, 보리타작을 하는 농촌의 풍경을 그리고 있다. 싸리로 만든 울타리 사이로 저녁햇살이 지는 모습을 "해가 올올이 풀"린다고 표현하며 전개된다. 저녁때이니 일은 어느 정도 끝났을 터이고, 허드레꾼들은 허드렛불을 지르며 일을 마무리하나보다. 1행에서는 싸리울 사이로 해가 올올이 풀렸는데, 거기에 덧붙여 튀는 연기 사이로 해가 지는 모습이 "이중으로 풀"린다. 이 때 뻐꾸기는 "허드레"로 운다. '허드레'라는 단어가 암시하듯 별로 중요하지 않은 비중을 두고 허드레꾼들이 허드렛일을 하고 허드렛불을 지르는 가운데 들리는 뻐꾸기 소리는 아마도 이렇게 들릴 것이다. 마지막 행에서는 도리깨질을 하는 도리깨꼭지 사이로 해가 지는 모습을 '해가 또 하나 올올이 풀리고 있'다. 이렇듯 이 시는 해가 지는 풍경을 싸리울 사이로, 연기 사이로, 도리깨질을 하는 도리깨꼭지 사이로 '올올이 풀린'다고 병렬적으로 나열하였다. 허드렛불의 푸스푸슷 튀는 소리, 뻐꾸기 소리, 징소리와 함께 "해가 올올이" 풀리며 하루가 마감된다. 따라서 일을 마친 일꾼들의 시름도 풀린다.

　위에 언급한 백석과 박용래의 두 작품은 모두 '어두움과 밝음의 경계에 있는 시간을 배경'으로 하고 있다. 백석의 '미명계'는 날이 밝기 전의 새벽을 배경으로 하고 있고, 박용래의 '점묘'는 해가 지기 전의 어스름한 풍경을 배경으로 하고 있다. 그리고 두 작품 모두 이러한 시간적인 배경으로 시적 표현이 통합된다. '미명계'는 새벽의 어슴푸레한 빛과 이슬의 모습을, '점묘'는 해질녘의 풍경을 그렸다. 백석의 작품에서는 단지 세 개의 이미지가 병렬적으로 나열된 방식이 사용되었다면, 박용래의 작품에서는 세 개의 이미지 외에 일이 마감되는 것과 일꾼들의 심리상태도 함께 중첩된다는 차이점을 보인다. 이러한 것에서 보면 박용래의 시는 병렬적 나열 방식이 창조적으로 수용되어 개진된 것이다.

3. 생태학적 가치로 구현

문학은 인간 삶의 소소한 이야기부터 시작해서 사회와 관련된 문제까지 확대되기도 한다. 문학에서 그리는 인간 삶의 모습들은 우리가 추구하는 삶의 모습이 된다. 시에서는 특히 인간이 자연과 일치되는 모습이 자주 그려지는데 그 이유는 일차적으로 '서정시라는 장르적 특성'16)에서 연유하며 인간이 추구하는 자연친화적인 모습을 중요하게 생각하는 태도에서 찾을 수 있다. 이 자연친화적인 삶의 자세가 뚜렷하게 드러나는 시가 '생태학적 가치를 지니는 시'이다. 생태시학은 자연의 모든 존재들이 평등한 권리와 가치를 지닌다는 인식과 모든 생명체들의 수평적인 관계에 대한 새로운 성찰을 우리에게 요청하면서 그리고 상극과 배제보다는 상생과 포용의 세계관을 주문하면서 대두하였다.17) 이처럼 '생태학적 가치를 지닌 시'는 인간과 자연, 인간과 사물이

---

16) 김준오는 이에 대해 다음과 같이 설명한다.
   "서정시의 장르적 특징은 무엇보다도 시 정신 또는 시적 세계관이나 비전에서 발생한다. 시 정신은 단적으로 말해서 자아와 세계의 동일성에 있다. 여기서의 동일성이란 자아와 세계의 일체감이다."
   (김준오, 『시론』, 삼지원, 1982, 27쪽)
17) 유성호, 「생태 시학의 형상과 논리」, 『문학과 환경』 Vol.6 No.1, 문학과 환경학회, 2007, 102쪽.

대등하게 공존하고 화합하는 세계를 그린 것을 말한다. 다만 요즘에 와서 이러한 가치가 새롭게 부각되는 이유는 현대 사회의 생태적 위기와 관련이 높을 것이다.[18] 이에 대해 이남호는 생태학적 가치를 지닌 문학을 '녹색문학'으로 지칭하면서 다음과 같이 말한다.

"이제 문학은 그 자신의 본질적 색깔인 녹색을 더욱 가시적으로 강조함으로써, 새로운 녹색문명의 건설에 기여해야 할 것이다. 이를 위해 우리 문학은 우선 두 가지 지향성을 동시에 지녀야 할 것 같다. 하나는 모든 좋은 문학이 왜 녹색적으로 중요한가 하는 점을 널리 알리고 설득시키는 일이다. 김소월이나 박목월, 박용래, 윤동주 등등의 시뿐만이 아니라 이태준의 단편소설 같은 문학들도 모두 훌륭한 녹색문학임을 널리 인식시켜야 한다. 그리고 또 하나는 적극적으로 환경문제를 문학의 주제로 삼는 일이다. 설사 녹색주의자가 아니라 하더라도 우리가 처한 삶의 문제를 사려 깊게 통찰하고 있는 작가라면 자연스럽게 그의 문학적 주제는 녹색을 띨 수밖에 없을 것이다."[19]

작품에서 시대 변화에 상관없이 면면히 흘러내려온 생태학적 가치가 새롭게 강조되는 이유는 현대 사회의 위기에서 초래된 것으로 볼 수 있다. 이것이 의미하는 바는 시대가 다른 데도 동일한 가치관을 담고 있는 시가 오늘날을 살아가는 우리에게도 유용한 시사점을 제시해줄 수 있다는 사실이다.[20] 자연과 인간이 대등하게 공존하는 면모는 백석

---

18) 이에 대해 최동호는 다음과 같이 설명한다.
 "이러한 비평적 전개과정을 조망하면서 필자가 확인하게 된 것은 다음 두 가지이다. 하나는 생태비평에서 쟁점이 되는 환경파괴는 전 지구적 현상을 동반하고 있다는 점이고, 다른 하나는 서구적 이성의 한계가 논의되는 지점에서 동양적 사고가 그 대안으로 떠오르고 있다는 점이다." (최동호, 「생태적 상상과 문명사적 전환」, 『진흙 천국의 시적 주술』, 문학동네, 2006, 75쪽.)
19) 이남호, 『녹색을 위한 문학』, 민음사, 1998, 83쪽.

과 박용래의 다음의 예시를 통해서도 확인할 수 있다.

　　새끼오리도 헌신짝도 소똥도 갓신창도 개니빠디도 너울쪽도 짚
검불도 가락닢도
　　머리카락도 헝겊조각도 막대꼬치도 기왓장도 닭의 짗도 개터럭
도 타는 모닥불

　　재당도 초시도 문장門長 늙은이도 더부살이 아이도 새사위도 갓
사둔도 나그네도
　　주인도 할아버지도 손자도 붓장사도 땜쟁이도 큰 개도 강아지도
모두 모닥불을
　　쪼인다

　　모닥불은 어려서 우리 할아버지가 어미 아비 없는 서러운 아이로
불상하니도 몽둥발이가 된 슬픈 력사가 있다
　　　　　　　　　　　　　　　　　　　　　　　— 백석, 「모닥불」 전문

　　백석의 이 시에서 "모든 사물들은 모닥불의 불꽃이 만들어내는 안온
한 빛에 둘러싸여 있다. 마치 그 빛은 행복했던 시대의 아우라를 떠올
리게 한다. 모닥불이 만들어내는 세계 속에서 모든 것은 다정하게 어울
린다."[21] 1연에서는 "모닥불을 피우게 하는 온갖 질료들이 나열"되고 2
연에서는 "모닥불을 쪼이는 사람들이 하나하나 제시되면서 길게 나열"

---

20) 최동호는 이에 대해 다음과 같이 설명한다.
　　"인간이 인간으로서 유일 절대의 고유성을 지키며 자연생태계와 적절한 조화를 이
　　루며 인류사를 전개한다는 것은 21세기를 조망하는 지금의 시점에서 신인간이 가
　　져야 할 역사철학적 의미가 될 것이다." (최동호, 「생태묵시록 시대와 신인간의 한
　　계 상황」, 『디지털 문화와 생태시학』, 문학동네, 2004, 101~102쪽.)
21) 소래섭, 『백석의 맛―시에 담긴 음식, 음식에 담긴 마음』, 웅진씽크빅, 2009, 90쪽.

된다.22) 1연에서 열거된 질료들은 대단할 것도 없는, 초라하고 볼품없는 것들이지만 같이 어우러져 모닥불을 피워낸다. 2연에서는 "모닥불을 사이에 두고 '재당/초시, 문장 늙은이/더부살이 아이, 새 사위/갓 사둔, 나그네/주인, 할아버지/손자' 등은 이원적인 구별과는 상관없이 '모두' 한데 모여 있다. 마치 2연에서 호명되는 사람들뿐 아니라 1연의 온갖 잡스러운 사물까지도 이 어울림에 참여"23)하고 있는 것처럼 보인다. 그리고 1연과 2연에서 나오는 사물과 사람, 동물들은 모두 대등하게 열거되어 있어서, 이 또한 인간과 사물, 자연이 차별 없이 공존하는 모습을 드러낸다. 더구나 "'모닥불'마저 그들의 중심에 놓여 있는 것이 아니라 그들을 감싸고 있"24)어서, 이 시에는 '인간과 사물, 동물 모닥불'이 함께 어우러지는 모습을 알 수 있다. 백석의 시에서 파악할 수 있는 "자연의 조화와 질서를 읽어내는 섬세한 투시력은 자연과 사람, 사람과 사람이 두루 어울려 살아가는 삶에 대한 통찰을 가능하게 한다."25)

　　　溪谷에 흐르는 물소리를
　　　철쭉꽃 홀로 듣고 있다

　　　溪谷에 흐르는 물소리를
　　　부엉새 홀로 듣고 있다

---

22) 고형진, 「백석 시와 판소리의 미학」, 『현대문학이론연구』 Vol.21, 현대문학이론학회, 2004, 16쪽.

23) 김정수, 「백석 시에 나타난 슬픔의 의미와 성격」, 『어문연구』 Vol.37 No.2, 한국어문교육연구회, 2009a, 331쪽.

24) 김정수, 「백석 시의 아날로지적 상응 연구」, 『국어국문학』 No.144, 국어국문학회, 2004, 359쪽.

25) 이혜원, 「백석 시의 신화적 의미」, 『현대시의 욕망과 이미지』, 시와 시학사, 1998, 247쪽.

溪谷에 흐르는 물소리를
나그네 홀로 듣고 있다

溪谷에 흐르는 물소리를
溪谷이 홀로 듣고 있다

— 박용래, 「寒食」 전문

　계곡에 나그네가 혼자 앉아 있다. 나그네 혼자 앉아서 물소리를 듣고
있지만, 사실은 혼자가 아니다. 계곡에 있는 자연물들, 즉 "철쭉꽃", "부
엉새", 그리고 "계곡"이 나그네와 '함께' 흐르는 물소리를 듣고 있는 것
이다. 이것은 인간이 홀로 존재하는 독립된 개체이면서 자연과 더불어
공존하는 유기체적 존재라는 생각을 바탕으로 한다. 물소리를 통해 각
주체들은 동등한 생명체로서 조화를 이룬다. 처음에는 각자 혼자 듣다
가 계곡이 계곡의 소리를 듣는 것처럼 하나가 된다. 계곡 스스로 자신
의 소리를 듣는 것은 자연의 섭리와 신비감에 젖는 존재론적 깨달음을
인식하는 것[26]이라고 피력한다.
　위의 시 「한식」에서 박용래가 표현하고자 하는 것은, 세상 위에 홀로
존재하는 인간이 아니라 자연과 '동등한 생명체로서 조화'를 이루는 인
간의 모습이다. 또한 자연과 조화를 이루는 인간의 모습은 너무나도 평
화롭고 자연스러운 느낌을 갖게 한다. 이것은 박용래가 지향했던 가치
이자, 자신의 작품을 통해 드러내고자 했던 세계관이다.
　백석의 「모닥불」과 박용래의 「한식」은 얼핏 보기에 다른 것 같지만
추구하는 바는 동일하다. 「모닥불」에서는 사물, 인간, 동물들이 '모두

---

26) 신익호, 「박용래 시의 반복형태 구조 연구」, 『비교한국학』 Vol.17 No.2, 국제비교
　　한국학회, 2009, 110쪽.

모닥불을 쪼인다'고 말한다. 이에 반해 「한식」에서는 자연과 인간이 '홀로 계곡에 흐르는 물소리를 듣고 있다'고 말한다. 두 작품에서 쓰인 '모두'와 '홀로'는 서로 다른 기표로 드러나지만, 그 내재적 의미는 같다. 백석의 「모닥불」에서 모든 존재들이 어우러져 모닥불을 쬐고 있는 것처럼 박용래의 「한식」에서도 모든 존재들이 함께 계곡에 흐르는 물소리를 듣고 있는 것이다. 두 작품은 모두 자연과 함께 공존하는 인간의 모습을 그리고 있다.

> 당콩밥에 가지냉국의 저녁을 먹고 나서
> 바가지꽃 하이얀 지붕에 박각시 주락시 붕붕 날아오면
> 집은 안팎 문을 횅하니 열젖기고
> 인간들은 모두 뒷등성으로 올라 멍석자리를 하고 바람을 쐬이는데
> 풀밭에는 어느새 하이얀 대림질감들이 한불 널리고
> 돌우래며 팟중이 산 옆이 들썩하니 울어댄다
> 이리하여 한울에 별이 잔콩 마당 같고
> 강낭밭에 이슬이 비 오듯 하는 밤이 된다
> — 백석, 「박각시 오는 저녁」 전문

위의 시처럼 백석은 인간과 자연의 조화를 마치 동화처럼 아름답게 그려냈다. 강낭콩을 넣어 만든 밥에 가지냉국으로 저녁을 먹고 나서 인간들은 모두 뒷등성이로 올라간다. 이 때 하얀 박꽃, 하이얀 지붕에 날아오는 박각시, 주락시와 집의 안팎 문을 횅하니 열어젖히는 모습은 자연과 인간의 경계가 허물어지는 것을 표상한다. 이어서 나오는 "인간들이 하이얀 다림질감 등을 들고 뒷등성으로 올라 하얀 멍석자리를 깔고 앉는 것은, 바로 박각시나방이 하얀 바가지꽃을 찾아 모여드는 풍경과

겹친다고 볼 수 있다. 그건 인간의 행위가 자연의 행위 속에 동화되어 가는 과정을 함축"27)하는 것이기도 하다. "인간과 자연 사이의 동화는 마지막 두 행에서 극적으로 확산되면서 시는 마무리된다. 밤하늘에 수없이 박혀 있는 별들은 "잔콩"에 비유되고, 잔콩으로 수놓인 밤하늘은 잔콩이 널려 있는 시골 마당에 비유된다. 지상이 천상이 되고, 천상이 지상이 되는 것이다."28) 이렇게 '박각시 오는 저녁'이라는 작품을 보면 인간과 자연이 동화되어 아름답게 묘사되어 있다.

> 강아지 밥 주고 나니 머리 위 반딧불이 떴어라 柴扉 닫고 멍석머
> 리 모깃불 놓으면 깜박 깜박 저만큼 또 반딧불 초롱.
> — 박용래, 「流寓1」 전문

"강아지 밥을 주고나니 머리 위에 반딧불이 떴"다는 표현을 보면 시간적 배경이 늦은 저녁일 것이다. 이 반딧불은 그냥 반딧불일 수도 있고 하늘에 떠 있는 별을 지칭한 것일 수도 있다. 화자는 사립문을 닫고 마당의 멍석에 앉아본다. 멍석머리에 모깃불을 놓으면 깜박거리는데 그것이 또 반딧불 같다고 말한다. 하늘의 별과 인간이 사용하는 모깃불을 모두 반딧불에 비유하여, 자연과 인간의 경계를 구분하지 않고 동화된 모습을 표현하였다. 또한 강아지 밥과 머리 위 반딧불, 멍석머리의 모깃불과 반딧불 초롱을 대응시켜 인간과 자연의 조화로움을 추구한 것을 알 수 있다.

위의 두 작품은 인간과 자연이 조화된 모습을 그리면서 유사한 시적 상황과 표현을 보인다. 백석의 작품은 화자가 당콩밥에 가지냉국으로

---

27) 고형진, 『백석시 바로읽기』, 현대문학, 2006, 182쪽.
28) 위의 책, 183쪽.

저녁을 먹는데 박용래의 작품은 화자 대신 강아지가 저녁밥을 먹는다. 그리고 백석의 작품에서는 박각시, 주락시가 날아오면 집의 문을 열어 젖히며 인간과 자연이 동화된 모습을 그렸는데, 박용래의 작품에서는 화자의 머리 위에 반딧불이 떴다고 표현하고 있다. 또한 두 작품 모두 인간이 멍석에 앉아 밤하늘을 바라본다. 백석의 작품에서는 하늘의 별을 잔콩에 비유하여 천상과 지상이 일치된 모습을 보여주고, 박용래의 작품에서도 모깃불과 반딧불을 대응시켜 지상과 천상을 하나로 인식한다.

뿐만 아니라 백석과 박용래의 시편들은 사물과 사물, 인간과 동물에까지 일체감을 형성하며 친화적인 분위기를 형성하고 있다.

가) 거미새끼 하나 방바닥에 나린 것을 나는 아모 생각 없이 문밖
　　으로 쓸어버린다
　　차디찬 밤이다

　　어니젠가 새끼거미 쓸려나간 곳에 큰거미가 왔다
　　나는 가슴이 짜릿한다
　　나는 또 큰 거미를 쓸어 문밖으로 버리며
　　찬 밖이라도 새끼 있는 데로 가라고 하며 서러워한다

　　이렇게 해서 아린 가슴이 싹기도 전이다
　　어데서 좁쌀알만한 알에서 가제 깨인 듯한 발이 채 서지도 못
　　한 무척 적은 새끼거미가 이번엔 큰거미 없어진 곳으로 와서
　　아물거린다

　　나는 가슴이 메이는 듯하다
　　내 손에 오르기라도 하라고 나는 손을 내어미나 분명히 울고

불고할 이 작은 것은 나를 무서우이 달어나버리며 나를 서럽
게 한다
나는 이 작은 것을 고이 보드러운 종이에 받어 또 문밖으로 버리며
이것의 엄마와 누나나 형이 가까이 이것의 걱정을 하며 있다
가 쉬이 만나기다 했으면 좋으련만 하고 슬퍼한다

　　　　　　　　　　　　　　　　　— 백석,「修羅」전문

나) 木瓜나무, 구름
　　소금 항아리
　　삽살개
　　개비름
　　主人은 不在
　　손만이 기다리는 時間
　　흐르는 그늘
　　그들은 서로 말을 할 수는 없다
　　다만 한 家族과 같이 어울려 있다

　　　　　　　　　　　　　　　　　— 박용래「뜨락」전문

　가)는 거미 가족에 대한 이야기를 하며 화자의 정서가 펼쳐진다. 차
디찬 밤, 화자는 방안에서 꿈틀대는 거미새끼를 발견하고 아무 생각 없
이 거미새끼를 문밖으로 쓸어버린다. 2연에서는 큰 거미를 보며 거미
새끼의 어미라는 생각이 들고 "가슴이 짜릿"해온다. 마지막 연에서는
"가슴이 메이는 듯하다"로 이어지는 표현을 통해 거미 가족에 동화되
고 슬픔도 커져간다. 이 시에서 하찮은 미물에 불과하다고 볼 수 있는
거미에 대한 연민과 동화의 감정을 느낄 수 있다. 이는 인간과 자연이
대등하다는 생각을 기반으로 한다.
　나) 는 주인이 외출하고 손님이 집에 와서 주인을 기다리고 있다. 주

인이 없어도 기다리는 것으로 보아 주인과 막역한 사이일 것이다. 손님의 눈에 뜰 안의 "모과나무"가 들어오고 "구름"도 보이고 마당의 "소금 항아리", "삽살개", "개비름" 나물들이 눈에 들어온다. 그들은 서로 말을 할 수는 없지만 따뜻한 어우러짐과 정겨움이 느껴진다. 주인과 손님, 뜰에서 바라보는 모든 존재들이 다 유기적인 세계를 형성하고 있다.

위에 언급한 백석과 박용래의 시는 서로 다른 시대에 창작된 작품이다. 생전에 두 시인은 문학적인 교류를 나눈 흔적이 없지만 모두 생태학적 가치를 두는 동일한 세계관을 갖는다. 이렇게 다른 시대에 창작된 작품들이라도 공통적인 사상을 담고 있다면, 이것은 현재의 우리에게도 가치 있게 작용할 수 있을 것이다. 환경에 대한 위기감이 심각해진 요즈음, 독자들은 백석과 박용래의 시를 읽으며 자연과 친화적인 가치를 인식하고 또 내면화 할 수 있게 된다.

4. 맺음말

현대 사회는 수많은 문학 작품과 다양한 종류의 글들이 존재한다. 게다가 하루에도 여러 편의 작품들이 발표되어 세상으로 나온다. 이들 작품에는 여러 정보가 들어 있고 세상을 다양하게 바라볼 수 있는 감동이 자리 잡는다. 하지만 사람들이 모든 텍스트를 읽고 이해하는 데에는 한계가 있다. 이러한 현실적인 이유로 상호텍스트성이라는 개념은 중요하게 대두되었다.

백석과 박용래는 그들의 작품에서 세계관을 드러내는 방식이 유사하다. 예컨대 작품에 드러난 시적 형상화에 있어 배열 방식, 그리고 자연과 인간의 합일이라는 면에서 많은 공통분모가 발견된다. 이 점들이 작품과 작품 사이를 관통하는 상호텍스트성인 것에 착안하여 논지를 전개하였다.

백석과 박용래 시에서는 토속적인 소재와 어휘를 많이 사용하며 토속적인 정경을 배경으로 채택한다. 하지만 그것을 형상화시키는 방식은 세련된 모더니티를 추구하는데, 감정을 배제시키고 객관화한 것으로 토속성과 현대성이 통한다는 생각을 바탕으로 한다. 전통과 맞닿아 있는 토속성을 모더니티하게 구현하고 있으므로 새로운 토속성이다. 발상의 전환을 기저에 두고 이렇게 토속성과 모더니티는 융합하고 있다.

시행의 병렬적인 나열방식은 언뜻 보기에 이질적인 것들이 단순하게 펼쳐진 것처럼 보인다. 하지만 이러한 기법은 통합된 의미로 집약된다. 대등하게 나열된 시어, 구문들은 통합되면서 시의 전체 의미를 향하고 있다. 백석과 박용래 시의 나열 방식은 박용래 시에서 좀 더 변형된 모습으로 나타난다. 이것은 박용래가 시적 상상력을 더하여 백석 시의 전통을 창조적으로 계승한 것이다. 시적 상상력이 확대되어 있고 이미지가 뛰어나며 영상적이다.

백석과 박용래의 시에서는 자연과 인간이 대등하게 공존하는 모습을 확인할 수 있다. 그들의 시에서는 자연, 인간, 사물이 차별 없이 조화를 이루고 있다. 이러한 모습은 환경에 대한 위기가 심각해진 요즈음, 우리에게 시사해주는 바가 적지 않다. 시에 드러난 생태학적인 가치는 생활에 지친 현대인에게 위로와 지표가 될 것이다.

한걸음 더 나아가 백석과 박용래의 시를 이해하고 감상하는 작품 간의 상호텍스트성에 머무르지 않고 다른 장르와 융합으로 뻗어갈 수 있다. 시의 의미를 효과적으로 이미지화하는 두 시인의 성취는 영상장르와 상호텍스트성을 지닌다. 병렬적인 구조는 영상으로 연동하기에 용이하며 시의 한 행과 영상의 한 컷이 비슷해서 감각적인 영상으로 재현된다. 이는 디지털 영상매체가 지배하는 요즘 활자매체인 시문학이 영상장르에 원재료를 공급하는 것이다. 그 활용 가능성을 내다보며 장르 간의 만남을 시도하는 연구 과제가 남아있다.

참고문헌

• 기본자료

백 석, 『사슴』, 선광인쇄주식회사, 1936.
고형진 편, 『정본 백석 시집』, 문학동네, 2008.
박용래, 『강아지풀』, 민음사, 1975.
박용래, 『백발의 꽃대궁』, 문학예술사, 1979.
박용래, 『우리 물빛 사랑이 풀꽃으로 피어나면』, 문학세계사, 1985.
박용래, 『저녁눈』, 미래사, 1991.
박용래, 『먼 바다―박용래 시전집』, 창작과 비평사, 2008.

• 단행본

고형진, 「한국적 서정시의 형식적 깊이―박용래의 시세계」, 『또 하나의 실
　　　재』, 새미, 2003.
고형진, 『백석시 바로읽기』, 현대문학, 2006.
권영민 편, 『한국의 문학비평』 2, 민음사, 1995.
김도남, 『상호텍스트성과 텍스트 이해 교육』, 박이정, 2003.
김은전 외, 『현대시 교육의 쟁점과 전망』, 도서출판 월인, 2001.

김준오, 『시론』, 삼지원, 1982.

박혜숙, 『백석』, 건국대학교 출판부, 1995.

소래섭, 『백석의 맛―시에 담긴 음식, 음식에 담긴 마음』, 웅진씽크빅, 2009.

양문규, 『백석 시의 창작방법 연구』, 푸른사상, 2005.

양왕용, 『현대시 교육론』, 삼지원, 1997.

윤여탁, 『현대시의 내포와 외연』, 태학사, 2009.

이남호, 『녹색을 위한 문학』, 민음사, 1998.

이혜원, 「백석 시의 신화적 의미」, 『현대시의 욕망과 이미지』, 시와 시학사, 1998.

정재찬, 『문학교육의 사회학을 위하여』, 도서출판 역락, 2003.

조연현, 「문학의 이상과 현실」, 권영민 편, 『한국의 문학비평』②, 민음사, 1995.

최동호, 「생태묵시록 시대와 신인간의 한계 상황」, 『디지털 문화와 생태시학』, 문학동네, 2004.

최동호, 「생태적 상상과 문명사적 전환」, 『진흙 천국의 시적 주술:』, 문학동네, 2006.

최지현 외 『국어과 교수 · 학습 방법』, 도서출판 역락, 2007.

최현섭 외, 『국어교육학개론』, 삼지원, 2001.

Culler Jonathan, 『문학이론』, 이은경 · 임옥희 공역, 동문선, 1999.

Frye N, 『문학의 해석』, 김인환 역, 홍성사, 1978.

Hugo Friedrich, 『현대시의 구조:보들레르에서 20세기 중반까지』, 장희창 역, 지식을 만드는 지식, 2008.

Kristeva Julia, 「말 · 대화, 그리고 소설」, 여홍상 역, 여홍상 편, 『바흐친과 문학이론』, 문학과 지성사, 1997.

• 논문

강경화, 「백석 시의 전개와 특질」, 『반교어문연구』 Vol.15, 반교어문학회, 2003.

강연호, 「백석 시의 미적 형식과 구조 연구」, 『현대문학이론연구』 Vol.17, 현대문학이론학회, 2002.

강유환, 「반복과 병렬의 조형미 ─ 박용래 시의 민요적 특성을 중심으로」, 『현대문학이론 연구』 Vol.26, 현대문학이론학회, 2005.

고형진, 「백석 시 연구」, 고려대학교 대학원 석사학위 논문, 1983.

고형진, 「박용래 시의 형식미학」, 『현대문학이론연구』 Vol.13, 현대문학이론학회, 2000.

고형진, 「백석 시와 판소리의 미학」, 『현대문학이론연구』 Vol.21, 현대문학이론학회, 2004.

권혁웅, 「백석시의 비유적 구조」, 『한국문학이론과 비평』 Vol.14, 한국문학이론과 비평학회, 2002.

김명인, 「1930년대 시의 구조연구─정지용, 김영랑, 백석의 시를 중심으로」, 고려대학교 대학원 박사학위논문, 1985.

김용직, 「동시대의 눈길과 시적 진실─백석론」, 『시와 시학』 가을호, 1991.

김용희, 「생태주의 시의 미적 형식에 대한 연구」, 『한국시학연구』 No.10, 한국시학회, 2004.

김정수, 「백석 시의 아날로지적 상응 연구」, 『국어국문학』 No.144, 국어국문학회, 2004.

김정수, 「백석 시에 나타난 슬픔의 의미와 성격」, 『어문연구』 Vol.37 No.2, 한국어문교육연구회, 2009.

김현자, 「한국자연시에 나타난 은유 연구─박목월, 박용래 시를 중심으로」, 『한국시학연구』, No.20, 한국시학회, 2007.

송기한, 「백석 시의 고향 공간화 양식 연구」, 『한국문학이론과 비평』

Vol.21, 한국문학이론과 비평학회, 2003.

신익호, 「박용래 시의 반복형태 구조 연구」, 『비교한국학』 Vol.17 No.2, 국
　　　제비교한국학회, 2009.

심재휘, 「박용래 시 연구―반복기법의 유형과 미적 효과」, 『현대문학이론
　　　연구』 Vol.23, 현대문학이론학회, 2004.

유성호, 「생태 시학의 형상과 논리」, 『문학과 환경』 Vol.6 No.1, 문학과 환
　　　경학회, 2007.

유종호, 「한국의 페시미즘」, 『현대문학』, 1961.9.

윤호병, 「박용래 시의 구조 분석」, 『시와 시학』, 1991 봄호.

이경수, 「한국 현대시의 반복 기법과 언술 구조―1930년대 후반기의 백석,
　　　이용악, 서정주 시를 중심으로」, 고려대학교 대학원 박사학위논문,
　　　2002.

이혜원, 「박용래 시의 미적 특질과 생태학적 의미」, 『어문연구』 Vol.49, 어
　　　문연구학회, 2005a

이혜원, 「백석 시의 에코페미니즘적 고찰」, 『한국문학이론과 비평』 Vol.28,
　　　한국문학이론 비평학회, 2005b

전봉관, 「백석 시의 모더니티」, 『한중인문학연구』 Vol.16. 한중인문학회,
　　　2005.

진순애, 「박용래 시의 동일성의 시학」, 『인문과학』 Vol.33, 성균관대학교
　　　인문과학연구소, 2003.

최승호, 「박용래론:근원의식과 제유의 수사학」, 『우리말글』 Vol.20, 우리말
　　　글학회, 2000.

황종연, 「한국문학의 근대와 반근대―1930년대 후반기 문학의 전통주의 연
　　　구」, 동국대학교 대학원 박사학위논문, 1991.

김선우 시의
에코페미니즘 연구

1. 들어가며

시적 모티브로 '몸'을 많이 활용한 시인 중에 김선우가 있다. 그의 시에는 '유방', '성기', '자궁', '월경' 등이 많이 등장한다. '자연과 생명', '여성성의 문제', '타자'를 향한 시선이 구체적으로 형상화되어 있다. 이는 생태주의나 여성주의 성향의 시에 나타나는 특성과 맥이 통한다.

본고는 그가 발간한 네 권의 시집[1] 의 성향을 정리하고 시의식의 토대가 되는 에코페미니즘의 특징을 개관한 다음에, 근대의 이성중심적인 사고로 말미암아 금기시되고 억압되었던 '몸'의 감각을 찾아볼 것이다. 이에 따라 정신과 육체를 분리하지 않고 몸을 긍정하는 주체로 보

---

[1] 김선우의 시집은 2000년에 출간된 첫 시집 『내 혀가 입 속에 갇혀있길 거부한다면』과 2003년의 『도화 아래 잠들다』, 2007년 『내 몸 속에 잠든 이 누구신가』, 2012년 『나의 무한한 혁명에게』가 있다. 본고에서는 편의상 발행연도 순서대로 제1시집, 제2시집, 제3시집, 제4시집으로 칭하기로 한다.

며, 성적인 메타포인 관능성을 모성화 한다거나 자연과 모성이 갖고 있는 생명력을 밝히려고 한다. 이는 파괴와 부정적인 세상에 치유의 가능성이 있다고 본다.

'에코페미니즘(Ecofeminism)'은 '페미니즘(Feminism)'이라는 말에 생태나 환경을 뜻하는 접두사 '에코(eco)'의 합성어로 여성과 자연의 해방을 동시에 추구하는 이론이자 운동이다. 이 결합은 의도적이라기보다 다분히 자연발생적으로 이루어졌다. 배경에는 1979년 '과학 기술과 개발'에 대한 회의로, 산업주의에 대한 비판, 경제적 제국주의에 대한 제3세계의 비판, 반핵 운동이 일어난 것과 '자유주의 페미니즘'의 좌절이다. 이런 상황에서 페미니스트들은 새로운 출구를 여성들만의 고유한 출구에서 찾으려고 하였다.[2]

프랑스 작가 프랑스와즈 도본은 『페미니즘이냐 죽음이냐』(1974)라는 책에서 에코페미니즘이라는 용어를 처음 쓰면서 인류가 이 지구상에서 살아남을 수 있는 길을 찾는 데 여성의 잠재력이 크다는 점을 역설하였다.[3] 에코페미니즘이 진행이 될수록 여성 억압을 다른 타자의 억압으로 확대하며 남성을 포함한 지구 구성체의 생존을 중시하는 경향으로 나아갔다. 가부장제를 둘러싸고 있는 '사회 모순', 즉 재생산 관계나 자본주의의 지배 방식에까지 관심의 폭을 넓혀, 인간과 자연, 성별과 계급, 나이와 능력, 인종과 민족, 성적 경향 등에 따라 어떠한 차별도 두지 않는 사회를 꿈꾸는 쪽으로 발전하여 억압과 착취가 사라진 에코토피아[4]를 강조한다.

---

2) 이귀우, 「생태담론과 에코페미니즘」, 『새한영어영문학』 제43권 1호, 2001, 43쪽.
3) 김욱동, 「에코페미니즘의 철학적 기초」, 『영미문학 페미니즘』 제4집, 1997, 33쪽.
4) 고갑희, 「에코페미니즘: 페미니즘 생태학과 생태학의 페미니즘」, 『외국문학』, 1995년 여름호, 101~106쪽. 요약.

생태계의 파괴는 인간과 자연 사이의 동일성 상실로부터 오는 것이기 때문에 자연과 인간의 동일성 지향은 생태계의 위기에 처한 현 상황에 의의[5]를 지니고 김선우의 작품에서도 핍박받는 '자연'과 억압받는 '여성'을 동일한 관점으로 그려내고 있다.

2. 생태학적인 감성

에코페미니즘은 인간과 자연의 관계를 바라보는 '관계적 자아'에 주목한다. 이것은 자연과 인간을 이분법적으로 나누어 인식하는 것이 아니라, 마치 공동체처럼 인식하는 관계를 말한다. 이러한 관계 맺음의 근원에는 서로의 존재를 인정하는 동등하고, 평등한 인식이 전제되어야 한다. '내'가 능동적인 주체이면 '자연' 역시 능동적인 주체라는 인식을 통해 상호협력으로 자아와 타자의 경계를 허무는 것이다.[6]

자신의 몸과 자연과의 교감을 통하여 김선우 시의 화자는 주체와 타자의 경계가 사라지는 자아의 확산을 경험하고 있다. 이때 시인이 발견한 관계적 자아는 공시적으로 확산되는 경향을 보인다. 이러한 사유는 인간이 우주의 모든 만물과 공동의 영역에 속해있고 상생하며 살아가던 삶을 되돌리려는 노력으로 파악된다. 자연 동화에의 의지는 자연과 여성의 몸을 '모성성'이라는 특성으로 그려내는데 생명력을 얻게 되고 이때 몸은 성적인 매력을 발산한다.

---

5) 장정렬, 『생태주의 시학』, 한국문화사, 2006, 192쪽.
6) 남진숙, 「한국 현대시의 에코페미니즘적 상상력 연구」, 동국대학교 박사학위 논문, 2008, 96~97쪽.

1) 자연과 여성의 결합

우선 '공기'와 '무'가 사랑했다고 상상한 다음의 작품을 보자.

집 속에/ 집만한 것들이 들어 있네// 여러 날 비운 집에 돌아와 문
을 여는데/ 이상하다, 누군가 놀다간 흔적/ 옷장을 열어보고 싱크대
를 살펴봐도/ 흐트러진 건 없는데 마음이 떨려/ 주저앉아 숨 고르다
보았네// 무꽃,/ 버리기 아까워 사발에 담아놓은/ 무 토막에 사슴뿔
처럼 돋아난 꽃대궁// 사랑을 나누었구나/ 스쳐지나지 못한 한소끔
의 공기가/ 너와 머물렀구나/ 빈집 구석자리에 담겨/ 상처와 싸우는/
무꽃

— 「무꽃」 전문, 제1시집, 24쪽.

작품 속의 화자는 무 토막에 돋아난 꽃 대궁의 탄생을 "마음이 떨리
고", "주저앉아 숨 고를"만큼 감동한다. 꽃 대궁이 돋아난 것은 공기가
상처 난 무 토막이 안쓰러워 그냥 스쳐 지나지 못하고 무와 사랑을 나
눈 것이라고 여긴다. 시인의 이러한 상상력으로 볼 때 만물은 통하고
생태학적 감성이 바탕이 되고 있다.

김선우는 생물만 아니라 무생물까지도 영적 존재로 부각시킨다. 무
생물에도 영혼이 있다고 믿기에 그들도 역시 존중하게 된다. 「맑은 날」
이라는 시에서 우리는 "뜨거운 심장"을 가진 "장롱"을 만나 볼 수 있다.

동사무소를 지나다 보았다/ 다리가 주저앉고 서랍이 떨어져나간
장롱// 누군가 측은한 눈길 보내기도 했겠지만/ 적당한 균형을 지키
는 것이/ 갑절이 굴욕이었을지 모른다// (중략) 오대산의 나무는/ 오
대산 햇살 속으로 돌아가네 잠시 내 살이었던/ 못들은 광맥의 어둠

으로 돌아가네 잠시 내 뼈였던// 저의 중심에 무엇이든 붙박고자 하
는/ 중력의 욕망을 배반한 것들은 아름답다/ 솟구쳐 쪼개지며 다리
를 꺾는 순간/ 비로소 사랑을 완성하는 때/ 돌팔매질당할 사랑을 꿈
꾸어도 좋은 때/ 죽기 좋은 맑은 날/ 쓰레기 수거증이 붙어 있는 환
하고 뜨거운 심장을 보았다

－「맑은 날」 부분, 제1시집, 64~65쪽.

생태학적 감성을 바탕으로 장롱을 인격적으로 느끼는 시인은 무생
명의 헌 장롱이 죽는 날 그것이 쓰레기로 영영 사라지는 것이 아니라
자신의 근원이었던 자연으로 돌아가는 상상을 한다. 헌 장롱이 "적당한
균형을 지키며" 서 있는 것은 중심에 붙박고자 하는 중력의 소산이므로
이는 생에 대한 집착이며 "갑절의 굴욕"이라고 생각한다. 반면 "비로소
사랑을 완성" 하는 것은 죽음의 순간 즉 "솟구쳐 쪼개지며 다리를 꺾는
순간"이다. 헌 장롱을 통해 사물이 죽으면 근원인 자연으로 돌아간다는
순환의 이치를 깨닫게 된 화자는 장롱의 "환하고 뜨거운 심장"을 보게
된다. 시인에게 만물의 죽음과 해체는 자연의 근원으로 돌아가는 일이
다. 그래서 장롱처럼 흔쾌한 마음으로 귀환하는 것들을 아름답게 느끼
고 "죽기 좋은 맑은 날"로 인식하기에 이른다. 이것으로 '삶'과 '죽음'의
연속성에 관한 김선우의 생각을 엿볼 수 있다.

그의 여러 시편에서 보이는 '죽음'은 '단절'과 '종말'이 아니다. 죽음
을 통해 순환을 본다. 죽음을 바라보는 그의 시각에는 슬픔 보다는 여
유가 느껴진다. 첫 시집 「아나고의 하품」에서 화자는 횟집에서 목격한
아나고의 죽음을 두고 "웬일인지 슬픔이니 고독이니 끼어들 자리도 이
미 없고/이상스레 차분한 적멸, 같은 것이 내 마음에 쏫으로만 번지는
것 이었다" 거나 "비릿하고 들척지근한 냄새가 좀 흘렀지만 모든 과정

은 이를 데 없이 평화로웠다"고 회상한다.

「내력」이라는 작품에서도 '어머니의 죽음'을 두고 화자는 "열매가 꽃으로 씨앗으로 흙으로 되돌아가는 소슬한 평화를 보았네"라고 하고 있다. 이것은 죽음이나, 사물들의 해체와 같은 현상이 부단한 순환이라는 인식의 결과이다.

순환의 양상을 보이는 시로 제2시집의 「오후만 있던 일요일」이 눈에 들어온다. 일요일 오후에 목욕탕에 가는 이유를 반복과 병렬의 방법을 이용해 "이발소 표지등", "사철나무", "명아주", "냉이꽃", "민들레", "연못", "개" 등을 불러 모으면서 교감하고 순환하는 양상을 보인다. "떠도는 어린 개의 살이며 잔둥을 핥아주는" 늙은 개의 보살핌과 사랑은 "목욕탕의 따뜻한 수증기가 되어 피어오르고" 이것은 "어린 개들에게서 꽃 없이도 열매를 맺는 무화과" 같은 생명력으로 순환한다. 이렇게 김선우는 교감의 대상을 동네 목욕탕이라는 가까운 '일상'에서 발견한다. 또한 다음의 작품에서 서로 토대가 되어 먹고 먹히는 관계로 순환하는 양상을 보인다.

> 밥 잡채 닭도리탕 고등어자반 미역국/ 이토록 많은 종족이 이룬 생일상을 들다가 문득, 28년 전부터/ 어머니를 먹고 있다는 생각이// 시금치 닭 고등어처럼 이 별에 씨뿌려져/ 물과 공기와 흙으로 길러졌으니/ 배냇동기가 아닌가,/ 내내 아버지와 동침했다는 생각이// 지금 먹고 있는 닭 한 마리/ 내 할아버지를 이루었던 원소가 누이뻘인 닭의 깊은 곳을 이루고/ 누이와 살을 섞은 내 핏속엔 지금......// 누대에 걸친 근친상간의 밥상 (하략)
>
> ―「숭고한 밥상」 부분, 제1시집, 68쪽.

생일상을 들다가 문득 생각한다. 생일상을 이루고 있는 "시금치", "닭", "고등어"는 화자와 배냇동기라는 것이다. 화자와 생일상에 차려진 음식들은 순환의 흐름 속에서 몸을 교환해온 한 종족이라는 생각과 오늘의 식사는 자신의 어머니, 누이 그리고 할아버지를 먹는 일이라는 깨달음으로 이 밥상은 우주와 생명의 순환 원리가 작용하고 있는 "숭고한 밥상"이 된다. 이처럼 김선우는 우주를 그물망의 연쇄로 인식한다. 이때 그물망은 지구의 많은 생명체를 뜻한다. 여러 편의 작품들에서 보듯이 "순환하는 몸"의 모티브가 등장한다. 이 세상의 식물과 동물들, 인류의 조상과 후손들은 시간과 공간을 초월하여 서로의 몸을 먹고 나누고 섞는 사이들이다. 만물은 서로가 토대가 되고 이것은 또 다른 생명으로 이어지는 순환관계7)를 맺고 있는 것이며 불교의 연기론과 통하는 부분이다.

2) 가부장제에 대한 비판

20세기를 거치며 발전해온 과학기술과 현대 문물은 인간에게 물질적 풍요는 가져다주었지만, 생명을 존중하는 영성(靈性)을 지극히 홀대하는 결과를 낳고 말았다. 특히 이성 중심적이고 물질 중심적인 가부장적 산업 문명은 자연을 그저 자원으로만 파악하고 정복, 착취, 수탈의

---

7) 순환원리가 엿보이는 작품은 다음과 같다. 제1시집 「꿀벌의 열반」, 「내력」, 「관계」, 「양변기 위에서」, 「숭고한 밥상」, 「사랑의 거처」, 제2시집 「단단한 고요」, 「빌려줄 몸 한 채」, 「귀」, 「태실」, 「입설단비」, 「자작나무 봉분」, 「귤들은 다 어디로 갔을까」, 「오! 고양이」, 「능소화」, 「오동나무의 웃음소리」, 제3시집 「그 많은 밥의 비유」, 「깨끗한 식사」, 「어미 木의 자살5」, 「사랑의 빗물 환하여 나 괜찮습니다」, 「주홍글씨」, 「사골국 끓이는 저녁」 등이 있다.

대상으로 삼았기에 현재 인류 전체는 생명을 위협받는 심각한 위기 상황에 놓이게 되었다.[8] 가부장적 남성문화는 이성중심의 추상적 초월적 가치를 절대시한 반면 구체적 생명력인 여성적 원리와 여성성을 파괴시킨 것이다.[9]

> 그녀를 지날 때 할머니는 합장을 하곤 했다. 어린 내가 천식을 앓을 때에도 그녀에게 데리고 가곤 했다. 정한 물과 숨결로 우리 손주 낫게 해줍소. 그러면 나무는 솨아, 솨아아 소금내 나는 바람을 일으키며 내 목덜미를 만져주곤 하였다// (중략) 죽었다고, 시름시름 앓더니 어느날 벼락을 맞았다고 했다. 그 땅에 새 길이 포장될 거라고, 길이 나면 땅값이 오를 거라고 은근히 힘주어 한 사내가 말하였다
> (하략)
> ―「어미木의 자살 1」부분, 제1시집, 22쪽.

위의 「어미木의 자살 1」이라는 작품에서 "그 땅에 새 길이 포장될 거라고, 길이 나면 땅값이 오를 거라고 은근히 힘주어 한 사내가 말하였다"는 표현을 보면 현대화라는 명목으로 자연을 파괴하는 양상이 드러난다. 화자의 유년의 기억을 통해 복원되는 세계는 어린 시절의 인상적인 체험을 반영하는 원형의 공간이다. 화자의 어렸을 적 기억의 절대적인 비중을 차지하는 것은 '모계 중심의 가족' 혹은 '마을 공동체의 삶'이 중심을 이룬다. 화자의 유년시절의 기억은 '전통적인 세시풍속'이나 '굿'을 비롯한 '무속신앙'처럼 특별한 장면에 집중된다.[10]

---

8) 김재희 『깨어나는 여신』, 정신세계사, 2000, 75~78쪽.
9) 이연승, 「에코페미니즘 관점에서 본 정현종의 시세계」, 『한국언어문화』 제38집, 2009, 3쪽.
10) 이는 제1시집 「할머니의 뜰」에서 만물에 영성이 깃들었다고 믿는 할머니의 생활

여기서 우리는 새로운 가치관을 발견할 수 있다. 우주 속의 어느 것도 같은 모습, 같은 성질은 없다. 다양한 모습과 특성을 가진 존재로서 그들은 우주의 부분을 이루고 우주를 구성하는 중요한 본질을 가지고 있다.11) 자연을 단순한 물질로 간주하는 근대의 산업화에서는 생물의 다양성이 파괴된다. 생산과 소비가 분리되고 이윤과 효율성만을 추구하는 자본주의에 생물의 다양성은 낙후의 상징이기 때문이다. 이를 정신분석학적으로 접근하면 아버지라는 이름의 세계에 들어가는 것이며 상징계로의 진입이다. 현대 문명이 살아남고 남성-여성이 함께 환경을 개선해 나가려면 전(前) 단계에 대한 기억을 재생해야 한다는 말이 될 수 있다.12) 김선우의 시에서는 가부장적인 남성문화로 인한 현실의 위기를 극복하기 위한 방법으로 전대의 기억이 드러난 1연과 2연에서처럼 조화롭고 영적인 세계를 재현한다. 이 작품에서 '어미木의 자살'로 자연과 모성성이 약화된 생태계는 "오래된 은행나무" 사이로 "절룩거리며 걸어오는 늙은 오후"로 변질된다. "순식간에 늙어버린 대기"는 '온난화'로 일컬어지는 대기오염의 상황을 뜻하는 것이고, 화자는 이러한 대기의 주름살 속으로 "반짝거리며 사라져 가는 태앗적 나"를 보게 될 것이라며 경고한다. 이는 자연과 모성성이 소멸되면 생명체의 탄생이 불가능하다는 메시지이다.

반다나 시바는 개발과 성장주의가 초래한 문제는 저개발국이나 개발

태도나, 「어미木의 자살 1」에서 마을사람들의 나무 숭배 전통, 「어미木의 자살 2」의 바리데기, 제2시집 「물로 빚어진 사람」의 기우제, 「백설기」의 안택일, 「69-삼신할미가 노는 방」의 삼신할미를 시적 소재로 쓰고 있는 것 등에서 살펴볼 수 있다.

11) 하정남, 『생태적 삶, 에코페미니즘, 새로운 문명』, 환경과 생명사, 2001, 103쪽.

12) 고갑희, 앞의 글, 105쪽.

도상국 즉, 비서구권에만 국한되지 않고 전 지구적 위기 현상으로 나타나고 있다고 지적한다. 이러한 위기 현상들은 빠른 변화로 인한 스트레스의 증가, 인구증가 문제, 천연자원 고갈 문제, 각종 사회 문제와 건강 문제들로 이어지고 있는데[13] 「이를 갈다」라는 작품에서는 현대의 기술문명이 인간의 삶에 편리함을 안겨주었지만 이면에 발생할 수 있는 스트레스의 위기 현상으로 생명 포태가 불가능한 상황이 그려지고 있다.

지배의 억압으로 훼손된 여성과 생태계를 치유하기 위해 에코페미니즘은 보살핌의 윤리를 제시한다. 이것은 인간적 유대, 희생과 헌신 등에 기초한 윤리로서 합리성과 개인의 권리 등을 강조하는 기존의 남성 중심적인 윤리가 가져왔던 문제들을 개선할 수 있다고 본다. 김선우의 시에 이러한 의지가 나타난다.

> 그랬지 저 눈동자, 허공을 발라내어 아직 따뜻한 살점 당신 숟가락에 얹어주고 싶었지만 바리, 내 어머니, 죽음은 한 쌍으로 날아들더라 저승을 헤매어 구해온 영약은 기진한 그녀의 희보얀 젖줄기가 아니었을까 바리, 피곤에 지쳐 불어터진 젖을 아비에게 물리고 한잠 곤히 든 저 겨울나무의 쐐기풀 같은 육신이 아니었을까 생이라는 이름의 죽음이 더 지독하더라. 거듭거듭 제 죄로 죽을병에 걸려 앓아눕는 아버지, 이제 그만 죽어주세요. 달같이 벗은 자작나무 온몸에 열꽃이 돋아 곶잎을, 하혈을, 마지막 꽃잎을, 강물처럼 쏟아내는 밤이 오고 있었는데
>
> — 「어미木의 자살2」 부분, 제1시집, 74쪽.

김선우는 한국 신화인 '바리데기'에 관심을 가지고 이를 연작시로 반

---

13) 하정남, 앞의 글, 54쪽.

복적으로 형상화 하였다. 그가 샤머니즘적 세계관에 관심을 가지고 신화적 주인공을 방법론으로 본 것은 무속이 제의적 의례에 존재하고 삶 속에서 되풀이 되고 있어, 다양한 여성적 경험을 표출할 수 있기[14] 때문이다. '바리데기'는 버림받고 고통 받는 여성의 대명사로 시인이 일관되게 견지해온 대상이다. 위의 시는 마른 '자작나무'에서 자신을 버린 아버지를 살리기 위해 저승을 헤매다온 '바리데기'를 발견하고, '어머니'의 삶과 결합시키는 장면이다.

모성이미지는 김선우 시 곳곳에서 확인된다. 제2시집「봄람」에서도 '어머니'의 이미지는 폭력적인 남성을 어루만지는 치유의 존재이며, 정신적 위안이 다. 제1시집「해질녘」에서는 한 노인이 극장 간판에 그려진 여배우의 젖꼭지를 무는 행위를 통해 유년시절의 어머니와 새색시를 떠올리며 생명력을 얻는다.

3. 인식 주체로서의 몸

인물과 사건, 사물의 내력을 인식하는 주체로서 몸은 여러 시편에서 나타난다. 제 1시집「산청여인숙」에서 화자는 모서리를 통해 여인의 정체를 "다래순 냄새", "초록빛 순의 향기", "찔레 꽃 향기", "여름 소나기의 먼지 냄새", "엄마 속곳 냄새", "허물어진 흙담 냄새", "할머니의 수의에서 나던 싸리 꽃향기", "오월의 가두에 흩어지던 침수향" 등의 후각적 이미지로 묘사한다. 화자는 그녀가 모서리로 돌아 간 뒤 "자궁에서 빠져 나올 때 맡았던 바닷물 냄새"가 난다고 생각하면서 그 여인

---

14) 김영숙,『페미니즘 문학론』, 한국문학사, 1996, 79쪽.

이 "어머니"임을 후각 이미지로 제시하고 있다. 제 2시집의 「나생이」
에서 화자를 비롯한 생태적 자아를 가진 여성들은 나생이의 돋아남을
청각과 촉각으로 느낀다. 두 귀를 모아 듣고, 구릉에 앉아 소피를 볼 때
의 "짜릿"함으로 느끼고 있다. 인간─자연 관계에서 시각중심적인 논
리를 버리고 몸에 근거한 자연과의 직접적인 접촉을 통해 자연에 대한
존중의 마음을 갖는다. 「탁란」에서는 뻐꾹새가 다른 새의 둥지에 알을
맡길 수밖에 없는 슬픔이 "노보살의 빨래 방방이질 소리"로 제시되며
「귀」라는 작품에서는 뱀의 귀를 통해 "미끼로 던져진 개구리의 마지막
울음소리와 그 개구리를 덥썩 문 가물치의 사그라드는 소리"를 통해 화
자는 순환하는 관계의 이치를 깨닫는다.

1) 에로티시즘의 구현

여성의 신체 부위나, 생식 기능과 관련된 단어들이 김선우의 시에 많
이 등장한다. 여성적 편향성은 작품 속에 에로스를 지향하는 강렬한 힘
으로 표출된다. 성 행위의 이미지를 환기시키거나 암시하거나 또는 표
현하는 것이 '에로티시즘'이다.15) 작품에서 구현되는 '에로티시즘'은
다음과 같이 대별할 수 있다. 우선 '자연'은 여성의 관능적인 신체에 비
유되고, '관능성'을 '모성화'하여 관능성이 크면 모성성이 증폭된다. 몸
은 '모성성'을 환기하는 '어머니의 몸'인 경우가 많고 '노년기 여성의 몸'
과 '증상'들에도 건강한 활력을 부여한다.

대지와 인간의 관계를 주제로 삼는 에코페미니스트들은 전략적으로

---

15) 정영자, 「문학 속에 나타난 성 표현의 역사」, 문학사상, 1993, 357쪽.

인간과 자연의 대화 수단으로 성애화나 제식적인 성교행위를 형상화 하려고 시도해 왔다.[16] 에코페미니스트들에게 에로티시즘은 생명과 연결되는 문제이기 때문이다. 김선우의 시에서 자연의 몸이 관능화 되어 있는 것도 이와 다르지 않다. 다음의 작품「민둥산」에서 우리는 화자가 알몸이 되어 자연과 관계하는 자유로운 상상의 세계를 알 수 있다.

> 세상에서 얻은 이름이라는 게 헛묘 한 채인 줄/ 진즉에 알아챈 강원도 민둥산에 들어/ 윗도리를 벗어올렸다 참 바람 맑아서/ 민둥한 산 정상에 수직은 없고/ 구릉으로 구릉으로만 번져 있는 억새밭/ 육탈한 혼처럼 천지사방 나부껴오는 바람 속에/ 오래도록 알몸의 유목을 꿈꾸던 빗장뼈가 열렸다/ 환해진 젖꽃판 위로 구름족의 아이들 몇이 내려와/ 어리고 착한 입술을 내밀었고/ 인적 드문 초겨울 마른 억새밭/ 한기 속에 아랫도리마저 벗어던진 채/ 구름족의 아이들을 양팔로 안고/ 억새밭 공중정원을 걸었다 몇 번의 생이/ 무심히 바람을 몰고 지나갔고 가벼워라 마른 억새꽃/ (중략) 세상이 처음 있을 적 신께서 관계하신/ 알 수 없는 무엇인가도 내 허벅지 위의 햇살처럼/ 알몸이었음을 알겠다 무성한 억새 줄기를 헤치며/ 민둥한 등뼈를 따라 알몸의 그대가 나부껴 온다/ 그대를 맞는 내 몸이 오늘 신전이다
>
> ─「민둥산」 부분, 제2시집, 8~9쪽.

화자는 강원도 민둥산에 간다. 민둥산의 정상은 수직은 없고 "구릉으로만 구릉으로만" 펼쳐져 있다. 이것은 남성중심사회의 수직적 권위가 민둥산에는 없기 때문이다. 민둥산에서 알몸이 되어 구름과 바람과 교

---

16) 로즈마리 푸드남 통 저, 이소영 외 편역, 『자연, 여성, 환경』, 한신문화사, 2000, 179쪽.

감하는 상상력을 펼친다. "알몸"은 관능성의 대표적인 표지이며 문명 파괴가 없는 자연을 상징한다. 여기서 자연은 생명력으로 치환될 수 있다. 마지막 부분에서 "내 몸이 오늘 신전"이라고 표현한 것은 자연과 관계한 화자가 세상을 창조한 신처럼 이제 생명을 탄생시킬 수 있는 "모체"로 성장한 것을 암시한다.

에코페미니스트들은 신성하고 아름다운 생명력으로 수렴되는 성에 관심을 갖는다. 그러기에 생태학이 에로티시즘을 통해 생명으로 충일한 원초적 질서를 회복하려는 의식 속에서 유토피아를 엿보는 것은 어렵지 않다. 자연의 질서는 생명의 생성순환과 관계가 있다. 따라서 생명을 전제로 한 성적 행위는 자연의 질서를 효과적으로 보여주는 방법이 된다. 다음에 이어지는 「69-삼신할미가 노는 방」에서 확실히 나타난다.

> 오랜만에 고향집 안방에서 한낮을 백년처럼 뒹구는데 까슬하고 굽실한 희끗한 터럭 하나, (중략) 무슨 조화를 부렸는지 방이 무덤처럼 둥글게 부풀어오르더니만 사방이 69 천지인거라 방구들과 천장의 69, 전등과 전등갓의 69, 문틀과 문의 69, 한 시와 두 시의 69, 이불과 요의 69, 자음과 모음의 69, 모서리와 벽의 69, 두 시와 세 시의 69, 얼룩들의 69, / (중략) / 그러고는 이 삼신할미 같은 방이 맨 나중으로 펼쳐 보여준 것은 늙은 아버지와 어머니의 69였는데, 흰 머리 성성한 어머니가 외할머니 젖을 빨 듯, 시든 아버지가 할머니의 젖을 빨 듯, 이상하게도 자분자분 애틋한 소리가 온 방에 가득해져오는 거라 방구들이 천장에게, 모서리가 벽에게, 한 시가 두시에게, 삶이 죽음에게 젖을 물리며 늙은 방이 쌔근쌔근 숨을 쉬고 있는 거였다//
> ─「69-삼신할미가 노는 방」 부분, 제2시집, 76~77쪽.

    '69'는 궁극적으로 대립되는 것의 조화와 무질서한 것의 질서화를 통해서 생명을 선취하려는 상징적 기표이다. 에로티시즘에서 조화와 질서는 생명을 낳는 원리다. 생명을 지닌 것이든, 그렇지 않은 것이든 화자의 의식에 존재하는 모든 것들은 바로 '69'의 자세를 통해 이루어진다. "무덤처럼 둥글게 부풀어 오르"는 방은 '자궁'으로 볼 수 있고, '69'라는 외설적인 기표는 생명을 낳는 에너지이다.

    에로티시즘은 섹슈얼리티와 달라서 이러한 상상력이 가능하다. 에로티시즘은 생물학적 성을 뛰어 넘어 심리학적 성을 문제 삼는 것이다. 에로티시즘에서 성은 성 행위 자체의 의미에 만족하지 않고, 그 행위를 통한 생명에 더 관심을 갖는다. 에로스 이론가인 마르쿠제가 생태 운동이 해방을 향한 심리 운동이며 에로스의 운동임을 강조하고 있는 것도 이 때문이다.17)

    위에서 살펴보았듯이 김선우 시의 에로티시즘의 핵심은 '생명'이다. 여성의 몸을 통해 촉발되는 생명성의 발현은 여성의 몸에 대한 긍정성을 부여한다. 여성의 자위행위를 얼레지 꽃에 비유한 작품「얼레지」의 경우 남성 위주의 관점으로 여성에게 터부시되는 행위를 문제제기하면서 여성의 성을 주체화한다. 이 시의 여성 화자는 당당하고 솔직하게 "벌 나비를 생각해야만 꽃이 봉오리를 열겠니"하면서 되묻는다. 여성의 주체적인 자아의식과 성에 대한 자기 결정권을 드러내는 부분이다. 사랑은 어떤 대상에 의해 지배되거나 지배할 수 없다는 점을 보여준다.

    김선우의 시에서 늙음에 대한 사유는 노년기 여성의 몸에 나타나는 증후에 있어서 '강한 생명력'을 부여하는 데까지 나아간다. 제2시집「요실금」에서는 여성의 갱년기 증후인 '요실금'을 "혹한기 겨울에도

---

17) 하버트 마르쿠제, 『생태학담론』, 솔, 1999. 50~65쪽 요약.

얼어붙지 않는 개울"에 비유하고, "여자의 아랫도리"는 "개울의 아득한 뿌리'로 표현된다. 자연과 여성의 몸이 하나가 된 순간이며, 자연과 여성이 결합될 때는 강한 에너지가 발생한다. 요실금은 "개울이 얼지 않기 위해 개울의 뿌리가 흘려보낸 따뜻한 수액"으로 형상화하고, 늙고 추레한 것이 아니라 '생명현상'의 일부로 받아들인다. 또한 「완경(完經)」에서는 엄마의 '폐경'을 '완경(完經)'으로 표현한다. 완경(完經)은 최근에 페미니스트들이 여성의 폐경을 끝이 아니라 완성임을 주장하는 것에서 유래한 것이다.

'월경'은 단순히 여성의 달거리 차원에서 확장하여 월경(越境)에 이른다. 예를 들어 "월경 때가 가까워 오면/ 내 몸에서 바다 냄새가 나네// 깊은 우물 속에서 계수나무가 흘러나오고/ 사랑을 나눈 달팽이 한 쌍이 흘러나오고/ 재 될 날개 굽이치며 불새가 흘러나오고/ 내 속에서 흘러나온 것들의 발등엔/ 늘 조금씩 바다 비린내가 묻어 있네" 로 독백하는 두 번째 시집의 「물로 빚어진 사람」을 읽으면 공감할 수 있다. 월경이 생물학적으로 여성을 특징짓는 의미에서 나아가 인간의 삶과 창조의 힘에 어떻게 관여하는지에 대한 사유가 녹아 있다. 여성의 몸에 대한 긍정이고, 여성이 삶의 주체가 되는 통과제의이다. 생태학적 사고와 연기적인 세계관을 바탕으로 김선우의 시에서 '몸'은 순환하는 양상을 보인다.

'오줌'도 '월경'과 마찬가지로 기피의 대상이 아니라 여성의 건강함을 상징하는 긍정적인 용어이다. 제2시집 「너의 똥이 내 물고기다」에서 원효가 눈 "똥"은 혜공이 잡은 "물고기"가 된다. 「어느날 석양이」에서도 "저물녘 태양"이 "우리의 하루"를 낳는 "금빛 항문"으로 묘사된다. 「오동나무의 웃음소리」에서는 여성화자가 오동나무 아래에 눈 자신의 오줌이 오동나무의 열매가 되는 경험을 통해 몸의 월경(越境)을 알 수 있다. 2연과 3연을 인용해보면 "마흔 넘은 여자들과 시골 산보를 하다가 오동나무 아래에서 오줌을 누게 된 것이었다 뜨듯한 흙냄새와 시원한 바람 속에 엉덩이를 내놓은 여자들 사이, 나도 편안히 바지를 벗어내린 것인데// 소리 한번 좋구나! 그중 맏언니가 운을 땐 것이었다 젊었을 땐 왜 그 소릴 부끄러워했나 몰라, 나이 드니 졸졸 개울물 소리 되려 창피해지더라고 내 오줌 누는 소리 시원타고 좋아라 하는 것이었다."

이 작품은 남성위주의 관점에서 터부시 되어온 여성의 '방뇨'하는 장면을 생생하게 묘사하면서 여성의 몸에 대한 긍정성을 부여하는 한편, 여성과 자연의 소통을 그리고 있다. 여성 화자의 몸은 자연과 친밀해지면서 분비물인 '오줌'이 오동나무의 '열매'가 되는 월경을 경험한다. '월경'은 자궁을 지닌 여성들에게서만 일어나는 것이 아니다. 김선우에게 모든 생명체의 '몸'은 그 자체로 '자궁'이 된다. 몸에서 몸으로 순환하며 월경하는 몸들은 서로를 넘나들면서 뒤섞인다. 「사랑의 빗물 환하여 나 괜찮습니다」에서 화자의 '그대'는 "풀여치", "몽돌", "꽃", "샘물", "사향노루", "새", "나비", "자작나무", "회화나무", "명자나무", "해당화", "패랭이꽃", "도라지" 등 다양하게 변주된다. 이때 자연과의 소통에서 '관계적 자아'를 깨닫는다. 세 번째 시집에 실린 「사랑의 빗물 환하여 나 괜찮습니다」에서는 화자와 자연과의 지극한 교감을 통하여 주체와 타자의 경계가 사라지는 자아의 확산을 경험할 수 있다. 화자가 만나서 교감을 나누었던 자연물들이 오래전에 잃은 화자의 '그대'였다는 인연을 감지할 때, 주체와 타자, 인간과 자연의 분별은 무화된다.

시인이 발견한 관계적 자아는 시간의 경계를 넘어 오랜 인연으로 묘사된다. 자연물에서 확인되는 그대의 모습은 만물이 윤회하고 있다는 화자의 깨달음을 드러내고, 월경하는 몸들은 섞인다. 김선우의 몸들은 자신이 거쳐 온 몸의 내력을 동시간대에 펼쳐 보임으로써, 주체와 객체, 과거와 현재가 구분되지 않는다.

2) 모성성과 자연성으로 포용

김선우의 제1권과 2권의 시집에서는 끊임없이 순환하는 '몸'들의 희생과 고통이, 완벽한 유기체적 통합을 이루기 위해 어쩔 수 없는 것이라는 운명론적이고 당위적인 경향을 띠었다. 그런데 제3시집에서는 그동안 순환의 흐름 속에서 은폐되거나 당연시 되었던 폭력과 희생, 그리고 상처입고 소외받는 타자들을 눈여겨보기 시작한다. "어리고 아름다운 것들의 치욕"(「보름달 종려나무 그림자에 실려」, 제3시집)이 계속되고 있는 현실을 외면하지 않고, 그들에 대한 '아주 오래된 오늘날의 이야기'를 시작한다. 시인은 이러한 인식의 변화를 '연민'의 감정을 통해 되살려 낸다. '연민'은 모든 유한한 존재에게 바쳐지는 '비애'의 감정이자, 소통과 교감을 전제로 하는 지극히 '이타적인' 정서이다. 다음에 나오는 제3시집의 「사골국 끓이는 저녁」의 "찬바람 일어 사골국 소뼈를 고다가/ 자기의 뼈로 달인 은하 물에서/ 소가 처음으로 정면의 나를 보았다// 한 그릇……한 그릇……/ 사골국 은하에 밥 말아 네 눈동자 후루룩 삼키고/ 내 몸속에 들앉아 속속들이 나를 바라볼/ 너에게 기꺼이 나를 들키겠다//는 부분을 보면 공감하게 된다.

작품에서 '연민'의 감정으로 바라보는 타자들의 삶의 모습은 많다. 먼저 자본주의 시대에 소외된 사람들의 참상과 관련된 것으로 제1시집

「간이역」을 들 수 있다. 여기서 화자는 어린 시절 자신의 풋사랑이었던 '그 애'의 삶을 연민의 눈으로 전달한다. '그 애'는 어려운 집안형편에 공고를 자퇴하고 아버지를 따라 태백으로 가서 광부가 되었지만 사북 사태와 연루된다. 지금은 가리봉 어디에서 철공 일을 하고 있지만 자식의 출생신고도 하지 못 한 상태이다. 비극적인 타자로서의 모습은 제2 시집 「불경한 팬지」에서도 나타난다. 신문기사를 토대로 상상한 이 시에는 동대문야구장 전화 부스 옆에서 쓰레기 더미에 덮인 채 발견된 한 노숙자의 주검과 관련된 내용을 다룬다.

이외에도 김선우는 아물지 않은 역사적 상처와 불평등, 소외, 전쟁, 환경 파괴 등 사회의 여러 모순에 고통 받는 타자들을 작품에 담는다. 제3시집 「제비꽃밥」에는 "전쟁과 폭격 속에서 폭탄을 몸에 감아야 하는 팔레스타인의 아이들"이 등장하고 「봄잠」에는 "다른 이념을 가진 이에게 밥 지어 먹인 죄로 죽임을 당한 여자", 「보름밤 종려나무 그림자에 실려」에는 "미혼모가 된 가난한 항구의 섬 소녀들", 「열네 살 舞子」에는 "일본군 위안부", 「다른 손에 관하여」에는 "아파트 놀이터에서 아이들의 손에 눌려 죽는 개미" 등등 다양하다.

불교의 연기관과 인접하는 김선우의 시는 '해탈'을 목적으로 하기 보다는 해탈 이전의 고통을 나누기 위한 삶에 초점을 둔다. 한 몸에서 다른 몸으로 거듭나는 과정에서 바뀌게 되는 운명에 주목하고, '너'와 다른 '나'를 통해 한 몸이 될 수 없음을 인식한다. 그래서 내가 이곳에 태어나지 않고 "전쟁과 폭격 속에 난민의 유배지를 떠돌아야 할 그 땅의 아들" 이었다면 "나 역시 폭탄을 몸에 감고 검은 외투를 입었을지 모른다."고 한다.

에코페미니스트인 조안나 머시(Joanna Marcy)는 불교의 화엄 사상에서 나타나는 중중무진(重重無盡)의 연결성을 강조한다. 진정한 자아란 이 지상에서 모든 생명체들과 우리가 공존하는 것이라고 하면서, 이를 '생태적 자아'라고 부른다. 우주가 한 몸을 형성하고 있다는 자각을 하게 되고, 이러한 자각이 일어날 때 사랑이나 자비심이 발생하지 않을 수 없게 된다. 이렇게 되면 생태문제나 생존을 위협하는 모든 문제에 대하여 이러한 자비심이 우러나오는 어떤 조치나 행동을 하지 않을 수 없게 되는 것이다.[18] 거듭되는 윤회 속에서 우리는 약자, 소수자 고난 속의 이들과 나누는 연민과 연대의 마음을 통해서 평화를 얻을 수 있다. 이것은 주체와 타자를 구별하지 않고 평등한 관계로 보는 연기론적 태도인'자비'를 실천하는 것이다. 이를 위한 연대의 고리로 제3시집 「Everybody shall we love」에서 "그러니 우리, 사랑할래요?"를 들 수 있다.

김선우의 시에서는 '자연'과 '여성'은 생명의 탄생과 양육을 책임지는 일에서 동질적으로 인식되며, 이를 '모성성'이라는 가치로 연결시키고 있다. '자연과 여성의 동일화'는 여성적 이미지인 '자궁', '생리', '임신', '출산'등을 자연과 접목시키는 상상력으로 드러낸다. 자연의 본성을 여성성으로, 여성의 본성을 자연성으로 환치시킴으로써, 둘을 동질적인 존재로 포용하는 것이다. 특히 김선우의 시에서는 자연과 여성이 생명의 문제 있어서 동질적인 삶의 패턴을 보여주는 경우가 많다. 다음에 나오는 작품 「입춘」에서는 자연의 몸이 '모체'로서 형상화되고 있는데, '임신을 원하는 여성'의 이미지를 자연인 '대지'에 접목시키는 상상력을 보여준다.

---

18) 하정남, 앞의 글, 59~60쪽.

아이를 갖고 싶어/ 새로이 숨쉬는 법을 배워가는/ 바다풀 같은 어
린 생명을 우해/ 숨을 나누어갖는/ 둥근 배를 갖고 싶어// 내 몸속에
자라는 또 한 생명을 위해/ 밥과 국물을 나누어먹고/ 넘치지 않을 만
큼 쉬며/ 말을 나누고/ 말로 다 못하면 몸으로 나누면서// 속살 하얀
자갈들/ 두런두런 몸 부대끼며 자라는 마을 입구/ 우물 속 어룽지는
별빛을 모아/ 치마폭에 감싸안는 태몽의 한낮이면// 먼 들판 지천으
로 퍼지는/ 애기똥풀 냄새//

— 「입춘」 전문, 제1시집, 36쪽.

「입춘」이라는 위 작품에서 생명체를 탄생시킬 수 있는 '자궁'의 역할
을 자연과 여성이 지니고 있는 점에서 동질적으로 인식하는 근거가 있
다. 자연과 여성의 본질이 바로 '모성성'임을 확인한 것이다. 이처럼 자
연과 여성이 '모성성'이라는 관련성을 근거로 발현되고, 이러한 전언을
담은 작품으로 제2시집 「어리고 푸른 어미꽃」에서 단비 끝에 라일락과
감꽃을 피워내는 지구를 "50억 살 푸른 어미꽃"에 비유하는 장면과, 그
밖에 「운주(雲柱)에 눕다」, 「그 마을의 연못」, 「가을 구름 물속을 간다」,
「산청 여인숙」, 제 2시집 「요실금」, 「물로 빚어진 사람」, 「흰 소가 길게
누워」, 「유령 난초」 등에서 확인된다.

생물학적인 특징으로 모성성을 강조하는 것은 남성의 가치관, 여성
의 주체적인 개입이 없이 형성된 일반상징에 불과하다. 그러므로 모성
성이 진정한 여성성으로 작동되기 위해서는 여성이 자연과 친화적이
고 동일적인 정서를 느끼고 인식하지 않으면 안 된다.[19] 다음에 나오는
「나생이」라는 작품에서 여성화자들이 스스로 자연을 깨닫는 과정을

---

19) 남진숙, 「에코페미니즘적 관점에서 본 여성주체의 태도와 인식」, 『한국사상과 문
화』 제49집, 2007, 114쪽. 본고 역시 남진숙 글의 취지에 동의하며 따랐음을 미리
밝힌다.

살펴볼 수 있다.

> 나생이는 냉이의 내 고향 사투리/ (중략) / 아지랑이 피는 구릉에
> 앉아 따스한 소피를 본 적이 있다// 울 엄마도 할머니도 순이도 나도/
> 그 자그맣고 매촘하니 싸아한 것을 나생이라 불렀는데/ 그 때의 그
> '나새이'는 도대체 적어볼 수가 없다// 흙살 속에 오롯하니 흰 뿌리
> 드리우듯/ 아래로 스며드는 발음인 '나'를 다치지 않게 살짝만 당겨
> 올리면서/ 햇살을 조물락거리듯/ 공기 속에 알주머니를 달아주듯/
> '이'를 궁글려 '새'를 건너가게 하는// 그 '나새이',/ 허공에 난 새들의
> 길목/ 울 엄마와 할머니와 순이와 내가/ 봄 들녘에 쪼그려앉아 두 뒤
> 를 모으고 듣던/ 그 자그마하니 수런수런 깃 치는 연둣빛 소리를/ 그
> 짜릿한 요기(尿)氣)를//
>
> ― 「나생이」 부분, 제2시집, 12~13쪽.

"나생이"라는 고향 사투리로 이성적인 언어가 아닌 청각과 촉각과
시어의 음운 효과를 사용해 표현한다. 화자가 느끼는 "짜릿"함은 '나생
이의 탄생'인 동시에 '여성의 자아 인식의 깨달음'이다. 이는 삶의 체험
과 기억이 단순히 몸을 통해서만 이루어지는 것이 아니라, 그것을 의식
하는 자아가 더 중심에 있음을 보여준다. 여성이 남성보다 자연친화적
이고 생명력을 길러내는 힘을 가진 존재, 대지의 어머니로서의 이미지
를 마침내 상징화한다.[20]

제3시집의 「아욱국」에서 "사랑이 아니라면 오늘이 어떻게 목숨의
벽을 넘겠나"처럼 생명의 강한 원동력으로 혹은 「등」에서 죽어서도 자
신의 등을 사랑하는 대상에게 내어주는 죽은 새의 모습으로, 「낙화, 첫
사랑」에서는 "추락하는 그대보다 먼저 바닥에 닿아 강보에 아기를 받

---

20) 위의 글, 118쪽.

듯 온몸으로" 타인을 받아내면서, 「잠자리, 천수관음에게 손을 주다 우는」에서는 "쓰러지는 것들이 쓰러지는 것들 위해 우는" 양상으로 나타난다.

4. 나오며

지금까지 김선우의 시의 특징을 개관하고 에코페미니즘의 사유가 발현되는 토대들을 생태학적 감성에 따른 자연과 여성의 결합, 가부장제에 대한 도전의식이라는 측면으로 나누어 고찰하였다. 김선우의 에코페미니즘 시세계의 양상은 인식 주체로서의 몸의 시학을 펼치는데 이것은 에로티시즘의 구현이며 모성성과 자연성을 동일하게 여기고 포용하는 데에서 비롯한다. 그의 문학적 의의를 '순환', '어머니', '몸'이라는 키워드를 통해 정리할 수 있겠다. '삶과 죽음' '자연과 여성'을 넘어 사회적 역사적으로 억압당해 온 '타자'의 문제를 '순환'의 관점으로 풀어나간다. 그래서 삶과 죽음의 연속성에 대한 시인의 믿음은 순환의 논리와 진실을 받아들이게 한다.

생태학적 사고를 기반으로 시인은 '죽음'조차 순환의 일부로 여긴다. 나아가 연기론과 윤회사상을 끌어오면서 생태주의적 차원의 '순환'이 보여주지 못했던 타자들의 아픔과 희생을 돌아본다. 주체와 타자를 구별하지 않고 평등한 관계로 끌어안는다.

또한 김선우는 '어머니'의 개념을 즉 '모성성'을 작품 속에 끌어와 시로 다채롭게 구현한다. '어머니'는 세상을 이해하는 통로이자 생명의 순환을 가능하게 하고 자연과 여성만 아니라 타자화 시킨 권위적 사고

들까지도 치유하고 회복시키는 존재이다. 또한 그는 자연과 어머니의 몸이 발휘하는 강한 생명력을 기반으로 여성의 몸에 대한 긍정성을 부여한다. 특히 노년기의 몸에도 강한 생명력을 불어 넣음으로써 늙음에 대한 새로운 시각을 보여준 점도 주목할 만하다.

참고문헌

• 기본자료

김선우, 시집『내 허가 입 속에 갇혀있길 거부한다면』, 창작과비평사, 2000.
김선우, 시집『도화 아래 잠들다』, 창작과비평사, 2003.
김선우, 시집『내 몸속에 잠든 이 누구신가』, 문학과지성사, 2007.
김선우, 시집『나의 무한한 혁명에게』, 창작과비평사, 2012.

• 단행본

김영숙,『페미니즘 문학론』, 한국문학사, 1996.
김재희,『깨어나는 여신』, 정신세계사, 2000.
이연승,「에코페미니즘 관점에서 본 정현종의 시세계」,『한국언어문화』제
        38집, 2009.
이재복,『한국문학과 몸의 시학』, 태학사, 2004.
장정렬,『생태주의 시학』, 한국문화사, 2006.
하정남,『생태적 삶, 에코페미니즘, 새로운 문명』, 환경과생명사, 2001.
로즈마리 푸드남 통 저, 이소영 외 편역,『자연, 여성, 환경』, 한신문화사,
        2000.

하버트 마르쿠제,『생태학담론』, 솔, 1999.

• 논문

고갑희,「에코페미니즘: 페미니즘 생태학과 생태학의 페미니즘」,『외국문
　　　학』, 1995년 여름호.
김욱동,「에코페미니즘의 철학적 기초」,『영미문학 페미니즘』제4집, 1997.
남진숙,「에코페미니즘적 관점에서 본 여성주체의 태도와 인식」,『한국사
　　　상과 문화』제 49집, 2007.
남진숙,「한국 현대시의 에코피미니즘적 상상력 연구」, 동국대학교 박사학
　　　위 논문, 2008.
박종덕,「여성시의 어머니─ 몸 구현 양상 연구」,『한국비평문학회』제38
　　　호, 2010.
신두호,「남성과 에코페미니즘」,『영미문학 페미니즘』제9권 1호, 2001.
이귀우,「생태담론과 에코페미니즘」,『새한영어영문학』제43권 1호, 2001.
이혜원,「백석 시의 에코페미니즘적 고찰」,『한국문학이론과 비평』제28집
　　　9권3호, 2006.
정선아,「몸─사유의 시 쓰기」,『한국프랑스학논집』제60집, 2007.
정영자,『문학 속에 나타난 성 표현의 역사』, 문학사상, 1993.

유치환 시의
'명암' 의식에 나타난
자아 고찰

1. 서론

유치환(1908~1967)은 1931년 『文藝月刊』 제2호에 「靜寂」을 발표하면서 공식적으로 등단한 이래 총 12권의 창작집을 발간하였다. 이를 토대로 본고는 유치환의 시에서 부각되어 나타나는 '명암'에 대한 상징들을 분석하는 방법으로, 결핍과 욕망 사이에서 길항하는 내면자아를 밝히려고 한다.

유치환의 시에 대해 지금까지 이루어진 연구 성과를 검토하면 문학사적 측면, 전기적 측면, 미학적 측면 등으로 유형화해볼 수 있다.

첫째, 문학사적 측면에 주목한 연구1)는 유치환이 서정주와 함께 '생

---

1) 김동리, 「新世代의 淨神—文壇 「新生面」의 性格, 使命, 其他—」, 『문장』 2권 5호 (1940, 5).
   서정주, 「韓國現代詩文學의 史的 槪觀」, 『동국대논문집』 2집 11호, 1965.
   한계전, 「1930년대 시와 그 인식」, 『한국현대시론연구』, 일지사, 1983.

명파'의 대표적인 일원이라는 시사적 위치, 생명파의 경향과 그의 시와의 관련성에 초점을 맞추고 있다. 유치환의 시를 모더니즘의 비생명적 기계주의와 순수시파의 인위적인 기교주의에 반발하여 등장한 생명파의 경향으로 규정한 이 논의들은 유치환 시 연구의 초기부터 지금까지 활발하게 전개되어 온 연구 방식이다. '생명'이란 키워드는 유치환 시 연구자들의 많은 관심을 끌었을 뿐 아니라, 지금까지도 유치환 시의 연구 방향에 영향을 미치고 있다.

둘째, 전기적 · 사상적 측면에 주목한 연구이다.[2] 이 논의들은 유치환의 삶의 궤적을 따라가며 그의 구체적인 현실의 삶과 사상을 시의 주제론적 측면과 연결시키고 있다. 즉 일제강점기, 해방, 6 · 25전쟁, 남북 분단 후의 정치적 · 사회적 혼란 속에서 유치환이 선택한 삶과 결부된 사상을 피력한다. 유치환 시에 나타나는 비정, 고독, 의지, 자학, 초극의

김진희, 「생명파 시의 현대성 연구」, 이화여대 대학원 박사학위논문, 2001.
서동인, 「한국 현대시에 나타난 '생명성' 연구」, 성균관대 대학원 박사학위논문, 2005.
민미숙, 「유치환 문학의 '생명 인식' 연구」, 인하대 대학원 박사학위논문, 2010.
방인태, 「한국현대시의 인간주의 연구: 柳致環의 詩를 중심으로」, 서울대 대학원 박사학위논문, 1990.
한미경, 「유치환 시 연구」, 충남대 대학원 박사학위 논문, 2007.
2) 서정주, 「朝鮮現代詩略史」, 『現代朝鮮名詩選』, 온문사, 1950.
문덕수, 「青馬 柳致環論」, 『현대문학』, 1957. 11.~1958. 5.
김종길, 「非情의 哲學: 青馬詩의 世界」, 『詩論』, 탐구당, 1965.
김윤식, 「柳致環論: 虛無意志와 修辭學」, 『한국근대 작가론고』, 일지사, 1976.
황동옥, 「유치환 시에 나타나는 아나키즘」, 동국대 대학원 석사학위논문, 2007.
박진희, 「유치환 시의 아나키즘적 특성 연구」, 대전대 대학원 박사학위논문, 2011.
이재훈, 「한국 현대시의 허무의식 연구」, 중앙대 대학원 박사학위논문, 2007.
임수만, 「청마 유치환의 '고독'과 '生命'에의 熱愛」, 『한국시학회 학술대회 논문집』, 2008.
송기한, 「유치환 시에서의 무한(infinity)의 의미 연구」, 『어문연구』 60집, 2009.

식, 선비의식, 아나키즘 등에 대한 논의가 여기서 다루어진다.

서정주는 유치환을 평가하기를 "代表的인 意志의 詩人으로서, 그의 바위처럼 굳고 不變하는 意志는 詩篇에 넘쳐흐를 뿐 아니라, 또한 生活의 指標이기도 하다"면서 '의지'를 유치환 시의 중요한 정체성으로 파악하였다. 문덕수 또한 유치환의 시에 나타나는 생의 의지와 허무 의지의 관계를 논의했는데, 이는 이후 유치환 문학 연구의 접근 방법에 큰 영향을 끼쳤다. 김윤식은 유치환의 자학이 일제강점기하에서 신명을 역사 속에 던지지 못한 것에 대한 콤플렉스의 발로라고 해석하였다.[3] 이들 논의는 유치환의 시에서 여러 가지 주제를 이끌어냄으로써 그의 시의 다양한 면모를 밝혔다는 의미가 있다.

셋째, 시의 미학적 측면에 주목한 고찰이다. 문학사적 측면, 전기적·사상적 측면에 대한 연구가 유치환 시의 연구이기보다는 유치환 시인 연구에 그쳤다면, 미학적 측면의 연구는 이를 넘어서서 유치환 시 자체에 초점을 맞추어 시의 특질을 밝히려고 한 노력이라 하겠다. 미학적 측면의 논의는 이미지[4], 상징[5], 기호[6], 아이러니[7], 아포리즘[8], 공간[9]

---

3) 김윤식은 유치환이 저항을 포기한 회한과 자책감을 자학으로 보상하고자 했다고 말한다. 이 자학의 증상은 곧 자기합리화의 수사법에 불과하다는 것이다.
4) 정은숙, 「유치환 시 연구: 심상과 어조를 중심으로」, 서강대 대학원 석사학위논문, 1997.
   김수정, 「청마 유치환의 심상 체계 연구」, 연세대 대학원 석사학위논문, 2003.
   김예호, 「청마 시의 심상 구조 연구」, 연세대 대학원 박사학위논문, 1991.
   최동호, 「韓國現代詩에 나타난 물의 心象과 意識의 研究: 金永郎, 柳致環, 尹東柱의 詩를 中心으로」, 고려대 대학원 박사학위논문, 1981.
5) 오세영, 「<깃발> 그 분석적 읽기」, 『유치환』, 건국대학교출판부, 2000.
   엄성원, 「유치환 시에 나타난 '까마귀'의 상징성」, 『한국시학연구』 10호, 2004.
   이지원, 「유치환 초기시의 동물상징체계」, 『어문연구』 58집, 2008.
6) 이어령, 『공간의 기호학』, 민음사, 2000.
7) 임수만, 「유치환 시의 낭만적 특성 연구: 낭만적 아이러니를 중심으로」, 서울대 대

등 다양한 문제에 초점을 맞추어 탐구되고 있다.

기존의 논의를 토대로 하되, 본고는 유치환의 시에 나타난 상징 중에서 특히 '명암'의식이 유치환 시의 정신세계를 재현해내는 중요한 부분이라는데 주목하여 구체적인 내면세계를 밝혀보고자 한다.

유치환 의식세계의 중요한 주제는 존재론적 모순성에 있다. 그래서 인간과 세상에 대한 깊은 애정과 회의가 결핍과 욕망의 길항으로 나타난다. 유치환은 "우리가 인간인 이상 인간에 관한 모든 문제에 관심치 않을 수 없을 것이며, 인간에 대한 이러한 관심과 애정이 없고서 무슨 옳고 바른 문학, 진실로 인간에게 필요한 문학이 분만되겠는가"10)라고 말하기도 했으며, "나를 붙들어 밑 없는 늪 속으로만 이끌고 들어가는 것만 같은 나의 인생에 얽힌 愛憎의 인연에 대하여 또한 증오에 가까우리만치 분노하고 거기서 놓여나려 스스로 발버둥질 쳤음도 어쩔 수 없는 사실이었던 것입니다"11)라고 고백하고 있다. 이 모순적인 감정은 존재의 결핍을 일으키며 그의 시 안에 시적 긴장을 발생시키는 원동력으로 작용한다.

자크 라캉은 사물을 소유하고자 원하기 때문에 욕망이 생기는 것이 아니라 '존재의 결핍' 때문에 욕망이 생기는 것이라고 말한다. 또한 라캉은 인간 존재가 상징체계로써 인간사회 속에서 상징적인 욕망을 추

학원 박사학위논문, 2004.

8) 정주연, 「유치환 시 연구: 아포리즘과의 관계를 중심으로」, 서강대 대학원 석사학위논문, 1999.
   이새봄, 「유치환의 아포리즘 연구」, 『한국시학연구』 24집, 2009.

9) 김광엽, 「한국 현대시의 공간 구조 연구: 청마와 육사, 김춘수와 김수영을 중심으로」, 서강대 대학원 박사학위논문, 1994.

10) 유치환, 「山中日記」, 『청마유치환전집V』, 국학자료원, 2008, 262쪽.

11) 유치환, 「遮斷의 時間에서」, 『청마유치환전집V』, 국학자료원, 2008, 288쪽.

구하며 살아간다는 점에서 근원적으로 결핍과 부재, 분열의 존재라고 말한다. 인간의 욕망 추구, 그 과정에서 겪게 되는 필연적인 '결핍', '갈등', '좌절'을 그는 인간 존재의 실체로 파악하였던 것이다. 또 라캉의 말에 의하면, 언어는 부재의 기호이다. 언어는 지금 여기 없는 것을 현존하게 하는 것, 부재의 현존, 부재를 대신하는 기호라는 것이다. 이에 비추어볼 때 유치환의 의식 세계나 무의식세계, 관념, 생각, 욕망 등은 시니피에로 존재한다. 시니피앙(상징)은 시니피에에 충분히 가닿지 못하므로 상징은 결핍이다. 결핍은 곧 욕망이다. 그래서 '언어=결핍=욕망'이라는 등식이 성립한다. 여기서 시니피앙은 항상 다른 시니피앙을 지시한다.12) 본고 역시 유치환의 의식세계를 '상징=결핍=욕망'의 코드로 읽어낼 수 있다고 본다. 그의 의식세계가 곧 욕망과 연결되고, 시니피앙을 따라가다 보면 그 의미를 파악할 수 있을 것이다.

2. '명암'의식의 상징 양태

1) 빛의 지향 방식 : '白日', '태양', '해바라기'

유치환이 빛에 대한 상징을 사용할 때는 천상을 지향한다. 이를 통해 초월을 향한 욕망을 파악할 수 있다. 심리학적 관점에서 빛을 받는다는 것은 정신적 힘을 받아들인다는 것을 의미한다. 빛이 내포하는 감각은 빛남, 투명함, 움직임이다.13) 그런데 유치환은 여기에 '열기'를 첨가한

---

12) 이승훈, 『라캉으로 시 읽기』, 문학동네, 2011, 32~33쪽.
13) 이승훈, 『문학상징사전』, 고려원, 1985, 248쪽.

다. 현실의 갈등을 떨치고 강한 존재로 태어나길 갈구할 때마다 시 안에 강렬한 열기를 끌어들인다.

이렇듯 유치환은 뜨거운 빛을 받는 것을 자기 실험의 방법으로 삼고 목표를 존재의 전환에 둔다. 빛의 텍스트에서 시인은 순수하고 밝게 빛나는 해를 '白日'로 제시한다. 이 상징은 '태양', '해바라기' 등의 시어로 바뀌면서 시 텍스트에서 반복해 나타난다.

> 나의 가는 곳/ 어디나 白日이 없을소냐// 머언 미개ㅅ적 유풍을 그대로/ 토신(星辰)과 더부러 잠자고// 비와 바람을 더부러 근심하고/ 나의 생명과/ 생명에 속한 것을 열애하되/ 삼가 애련에 빠지지 않음은/ ─ 그는 치욕임일네라/ 나의 원수와/ 원수에게 아첨하는 자에겐/ 가장 옳은 증오를 예비하였나니// 마지막 우럴은 太陽이/ 두 瞳孔에 해바라기처럼 박힌 채로/ 내 어느 불의에 즘생처럼 무찔리(屠)기로// 오오 나의 세상의 거룩한 일월에/ 또한 무슨 회한인들 남길소냐
>
> ─「日月」의 전문(『靑馬詩鈔』)

제1연에서 화자는 "나의 가는 곳 / 어디나 白日이 없을소냐"라고 말한다. 이 물음은 "어디나 白日이 있다"라는 언표와 다르지 않다. "白日"은 자신이 설정한 생명적 가치나 자신이 찾고 있는 정신적 힘일 것이다. 이 시의 중심에는 빛 상징이 위력을 발하고 있다. '白日→태양→해바라기'로 변주되는 빛은 화자의 내부를 통과하면서 화자를 초월의 세계로 이끈다.

제5연에서 주목할 것은 태양이 해바라기처럼 "두 瞳孔'에 박힌다"는 표현이다. 눈동자에 태양이 박힌다는 것은 가학적이다. 이는 빛을 내재화하려는 욕망이 그의 내부에서 강렬하게 있다는 뜻이다.

"마지막 우럴은 태양이/두 瞳孔에 해바라기처럼 박힌 채로/내 어느 불의에 즘생처럼 무찔리(屠)기로"에서 "마지막 우럴은 태양"은 그가 죽음을 예비하고 있다는 것을 암시한다. 그런데 "두 瞳孔에 해바라기처럼 박"히는 이 상징적 죽음은 오히려 생명의 영속성을 내포하기도 한다. 열은 영속성의 최고의 표지로서 생명의 강함, 존재의 강렬함을 의미하기 때문이다.[14) 태양의 빛을 흡수하며 타오르는 눈동자는 불꽃이며 뻗어 올라가려는 초월의 힘을 상징한다.

화자가 태양이 두 동공에 해바라기처럼 박히는 것을 감수하겠다는 것은 그의 내부에 견디기 힘든 갈등이 들끓고 있다는 뜻이다. 또한 이는 갈등의 빛의 내재화로 떨쳐버리겠다는 화자의 욕망의 표현이기도 하다. 태양빛의 내재화 방식은 자학적 충동으로 이어진다. 화자는 "내 어느 불의에 즘생처럼" 찔린다 하더라도 자신이 빛을 내재화했으므로 회한이 없다고 말한다. 태양빛은 존재의 죽음을 새로운 탄생으로 보상하기 때문이다. 이 빛의 보상에서 화자는 "오오 나의 세상의 거룩한 일월에/또한 무슨 회한인들 남기소냐"라고 물으며 의지를 마무리한다.

유치환의 시세계는 애련과 의지가 양립하는 구조를 갖는다. 유치환은 "인간의 이성에의 戀情이야말로 인간이 가진바 본연의 인간 자신을 오히려 구원할 수 있는 길이 아니겠는가.[15)"라며 이성에 대한 연정을 구원으로까지 끌어올리면서도, "나도 나의 목숨이 부대껴 견디어낼 수 없는 인생의 애환의 심부에서 차라리 보아도 보지 않고 들어도 듣지 않는 목석으로 되든지 아니면 해바라기 같은 거만한 의지의 화신이 되고

---

14) 가스통 바슐라르, 『불의 정신분석/초의 불꽃 외』, 민희식 옮김, 삼성출판사, 1990, 128쪽.
15) 유치환, 「愛憎의 나무」, 『구름에 그린다』, 신흥출판사, 1959, 340쪽.

싶은 희원까지 하였던 것이다."16)라며 의지의 화신이 되길 바라며 양면성을 드러낸다. 이는 그의 시세계를 탄력적이고 미학적인 시적 긴장으로 이끄는 중요한 요소라고 할 수 있다. 오직 애련에 빠지는 것을 거부하고 부정하기만 했다면, 유치환의 시는 반성과 교훈처럼 느껴졌을 것이다.

> 가) 거기는 한번 뜬 백일이 不死神같이 灼熱하고/ 一切가 모래 속에 死滅한 永劫의 虛寂에/오직 아리―의 神만이/ 밤마다 苦悶하고 彷徨하는 熱沙의 끝// 그 烈烈한 孤獨 가운데 옷자락 나부끼고 호을로 서면/ 運命처럼 반드시「나」와 對面ㅎ게 될지니/ 하여「나」란 나의 生命이란/ 그 原始의 本然한 姿態를 다시 배우지 못하거든/ 차라리 나는 어느 沙丘에 悔恨 없는 白骨을 쪼이리라
>
> — 「生命의 書 (一章)」의 부분(『生命의 書』)

> 나) 내 또한 거룩한 뜻의 다스림을 입는 자이로다// 일찍이는 무수한 그 인연 세세를 오직 유족한 자애의 빗물로써 나의 全地를 만만히 채우고 적시우고 가꾸어 주셨으니, 이제는 다시 내 안에 함부로이 자라고 성한 잡된 잎과 가지를 뿌리채 말리고자 뜻하는 이 비정! 한 점 방울물 추기심도 인색하시니― // 아아 이 목마름과 피 닳음을 어찌 마지막 죽기로서니 달게 달게 시험 받지 않으리! // 내려 부어라 소돔의 불길같은 불볕이여, 나의 등곁이 갈피갈피 금가 터지고 아찔히 늎어둡도록 쪼여 다시도 내 안에 회한의 쓰디 쓴 씨가 울 틈이 없도록 말려라// 아아 드디어 거룩한 뜻의 다스림 안에 나는 있는 자이기에
>
> — 「大地의 노래」의 전문(『幸福은 이렇게 오더니라』)

---

16) 위의 책, 341쪽.

빛이 문학작품 안에서 대체로 어떤 한계를 초월하기 위한 방편으로 쓰이는 것처럼, 유치환에게도 빛의 가치는 초월이나 승화와 결부될 때 극대화되는 것으로 나타난다. 더욱이 빛의 열기는 화자의 한계를 초월하여 존재를 '승화된 정신' 속에서 만나게 하는 긍정적인 힘으로 작용한다. 빛의 내재화와 초월의 문제는 시인이 자기 실험의 의욕을 세상에 뚜렷이 드러내는 한 방법이다.

가)에서의 "차라리 나는 어느 沙丘에 悔恨 없는 白骨을 쪼이리라"라는 표현 또한 빛과 결부된 자학의 문제를 깊이 생각하도록 만든다. 이 자학은 빛의 상징을 통해 시인이 간절하게 존재의 전환을 꾀하고 있는지를 드러낸다. 이처럼 유치환의 의식에서 빛의 긍정적 가치는 존재의 전환과 결부될 때 극대화된다.

나)에서 화자는 "아아 이 목마름과 피 닳음을 어찌 마지막 죽기로서니 달게 달게 시험 받지 않으리!"라며 빛을 통한 자기 실험을 노래한다. 이 시험은 매우 고통스러운 것이라서 화자는 이를 "목 마름"과 "피 닳음"이라 표현한다. 더욱이 화자는 "마지막 죽"는다 하여도 그 시험을 결코 피하지 않겠다는 의지를 보인다. 이는 앞서 살핀 "마지막 우럴은 태양"에서 그가 예비했던 죽음의 성격과 같은 맥락이다. 죽음까지도 불사하겠다는 치열한 자기 실험 의지는 자학으로 이어지곤 한다. "내려 부어라 소돔의 불길같은 불볕이여, 나의 등곁이 갈피갈피 금가 터지고 아찔히 눈 어둡도록 쪼여 다시도 내 안에 회한의 쓰디쓴 씨가 울 틈이 없도록 말려라"라는 표현에서 알 수 있다.

黃金 獅子 나룻/ 傲慢한 王侯의 몸매로/ 진종일 소리 없이/ 三伏의 炎天을 노리고 서서/ 눈부시어 嫋嫋히 胡蝶도 못 오는 白晝!/ 한 점

懷疑도 感傷도 용납ㅎ지 않는/ 그 不逞스런 意志의 바다의 한 分身
이 되려오
—「해바라기 밭으로 가려오」의 전문(『生命의 書』)

화자는 "三伏의 炎天을 노리고 서서" 태양과 대결한다. "눈부시어 嫋嫋히 胡蝶도 못 오"지만 자신은 그 태양을 노려보겠다는 것이다. 그 이유는 화자 자신의 존재가 바다의 분신이 되기 위해서이다. 어떤 사사로운 감정도 용납하지 않는 존재는 인간의 한계를 초월한 존재를 의미한다. 이렇듯 유치환 시의 빛의 내면화 방식은 천상의 '백일', '태양', '해바라기'로 나타난다. 상하의 수직적 상징체계 안에서 빛은 시인의 상승의지를 강렬하게 드러내는 상징적 도구이다. 그 궁극적 목적은 곧 새로운 존재로의 상징적 탄생인 셈이다.

말하자면, 유치환은 '白日', '태양', '해바라기' 등의 가장 뜨거운 빛을 온몸으로 받는 것을 자기 실험의 방법으로 삼는다. 나아가 자기 실험을 통과했을 때 열기는 존재의 전환을 실현시켜주는 긍정적 가치로 작용한다. 이 열기는 태양이나 불볕 자체의 열이라기보다는, 시인의 내부에서 일어나는 불길, 즉 뜨거운 갈구이며 존재전환의 매개체이다.

> 내 오늘 人智의 축적한 문명의 어지러운 康衢에 서건대
> 오히려 미개인의 曚昧와도 같은 발발한 생명의 몸부림이여
> 머리를 들어 우러르면 광명에 漂渺한 수목 위엔 한 점 백운내
> 절로 삶의 희열에 가만히 휘파람 불며
> 다음의 만만한 투지를 준비하여 섰나니
> 하여 어느 때 회한 없는 나의 精悍의 피가
> 그 옛날 과감한 종족의 야성을 본받아서
> 시체로 엎드릴 나의 尺土를 새빨갛게 물들일지라도

오오 해바라기 같은 태양이여
나의 좋은 운수와 대지 위에 더 한층 강렬히 빛날진저!
　　　　　　　　　　　―「生命의 書(二章)」의 부분(『生命의 書』)

　하늘을 "우러"러 태양이 "시체로 엎드릴 나의 尺土를 새빨갛게 물들일지라도" 화자는 자신의 살았던 세계에 "더 한층 강렬히 빛"나기를 염원하고 있다. 그는 지금 문명의 한가운데에 서서 자신을 원시적 존재로 전환시키길 꾀하고 있다. 그래서 화자는 희열로써 "만만한 투지를 준비"한다. 이는 곧 빛의 내재화 방식으로 자기실험 과정을 거치겠다는 화자의 의도이다. 그가 해바라기 같은 태양빛을 간절히 원하는 까닭은 그 빛을 내재화함으로써 "나의 나의 精悍의 피가/그 옛날 과감한 종족의 야성을 본받"을 수 있다고 믿기 때문이다. "시체로 엎드릴 나의 尺土를 새빨갛게 물들일지라도"는 비록 자신이 그 빛의 실험에서 죽음을 맞는다 하더라도 죽음에 대한 '회한'이 없을 것이라는 의지를 드러낸다.

2) 어두운 내면의 변주 : '陰雨', '暗雲', '陰濕'

　유치환의 의식세계에서 밝음과 어둠은 양분되어 나타난다. 특히 빛과 어둠에 대한 의식은 시인의 심리 상태에 따라 빛에 대한 긍정적 관념과 어둠에 대한 부정적 견해를 시에 편입해 놓고 있다. 어둠이 어둠 그 자체로 암시될 때도 있지만, 어둠에 음습한 감각이 중첩됨으로써 존재의 심연을 상징적으로 제시될 때가 많다. 음산하고 눅눅한 기운은 유치환 시에서 반복되면서 나타나는데, 자신의 가장 절망적인 마음 상태를 표현하고자 할 때 '陰雨', '暗雲' '陰濕' 등의 시어를 사용한다. 내적 절망이 클 때, 그래서 희망의 세계로 나아가기를 원할 때 시인은 눅눅하고 축축한 분위기 속에서 자신의 절망을 응시한다.

> 가) 陰雨를 안은 무거운 絶望의 暗雲이/ 너를 깊이 휘덮어 묻었건마는/ 발은 굳게 大地에 놓았고/ 이마는 구름밖에 한결같은 蒼穹을 우르렀으니
>
> — 「山(2)」의 부분(『靑馬詩鈔』)

> 나) 너는 본래 기는 즘생/ 무엇이 싫어서/ 땅과 낮을 피하야/ 陰濕한 廢家의 지붕 밑에 숨 어/ 파리한 幻想과 怪夢에/ 몸을 야위고
>
> — 「박쥐」의 부분(『靑馬詩鈔』)

가)에서 "陰雨"는 음산하게 내리는 비이다. 음산하다는 것은 밝고 따스한 느낌과 대립된다. 이러한 음우를 안은 것은 "暗雲"이다. 제1연에서 검은 구름은 음우를 거느리고 산을 가두는 형태로 나타난다. 이 시에서 "陰"과 "暗"은 어둠을 품고 있다. 또한 "雨"와 "雲"은 물을 품고 있다. 절망의 암운, 이 어둠과 음습한 감각의 중첩은 "너"를 깊이 "휘덮어 묻"는 영상과 함께 음습한 절망에 밀폐된 화자의 내면을 형상화한다. 암운은 어둠 상징으로 기체와 물을 동시에 품고 있다는 점에서 상승과 하강의 이질적인 관계를 갖는다. 무게를 가진 모든 것은 하강한다. 암운은 구름이지만 물의 무게를 짊어지므로 하강 지향이다. "음우"와 "암운"은 화자의 절망적 현실을 구체적인 감각으로 제시하는 것이다. 또한 무거운 물을 품은 어둠은 응고되지 않는 시인의 눈물과 슬픔을 표현한다.

나)의 "陰濕한 廢家"는 화자의 절망의식을 상징적으로 드러내는 시어이다. 음습한 폐가는 희망이나 생명의 따스함이 사라진 장소임에 분명하다. 음습한 폐가는 버려진 집이며, 일상의 불이 꺼졌기에 온기가 사라진 집이기 때문이다. 이렇게 "어두운" 폐가, 지붕 "밑"에 "숨어" 있는 박쥐의 현실은 축축하면서 절망에 침잠하는 화자의 내면을 보여주고 있다. 화자의 내적 갈등이 고통스러울수록 어둠은 짙어진다. 이 어둠에 화자는 '음습'한 감각을 혼합한다. 액화된 어둠은 검고 축축한 화자의 마음세계를 드러내기에 효과적이다.

> 다) 처참한 폭풍우의 暗夜에 묻히어/ 말없이 가리치는 두 줄의 철
> 로를/ 그리고 한결같이 굴러가는/ 신념의 피의 불꽃의 火車를
> ―「鐵路」의 부분(『靑馬詩鈔』)

> 라) 한낮에도 오히려 어두운 樹陰에 숨어/ 劫罪인 양 혼혼한 나태
> 의 사념을 먹는 자
> ―「陰樹」의 부분(『生命의 書』)

> 마) 그 濕하고 거미줄 같은 속에 묻히어/ 나는 어떻게 살아 나왔
> 던가
> ―「車窓에서」의 부분(『生命의 書』)

> 바) 광야는 陰雨에 바다처럼 황막히 거즐어
> ―「絶命地」의 부분(『生命의 書』)

> 사) 죽어도 뉘우치지 않으려는 마음 위에/ 오늘은 이레째 暗愁의
> 비 내리고
> ―「曠野에 와서」의 부분(『生命의 書』)

위에 제시된 여러 편의 시들은 공통적으로 빛의 결핍을 보인다. 즉 어둠에 음습한 '물'이 중첩되어 있는 것이다. 구체적으로 나열하면, 다) "폭풍우의 暗夜에 묻히어", 라) "어두운 樹陰에 숨어", 마) "濕하고 거미줄 같은 속에 묻히어", 바) "광야는 陰雨에 바다처럼 황막히 거츨어", 사) "暗愁의 비 내리고"이다.

이것으로써 앞에서 살펴본 '빛'에 대한 시인의 의식과 지금 예시로 드는 '어둠'에 대한 시인의 내면의식이 극명하게 대비되는 상관성을 보인다는 것을 알 수 있다. 빛과 어둠은 '선/악. 희망/절망, 생명/죽음'이라는 유치환의 이원적 관념에서 나온 것이다. 유치환은 숙명에 괴로워하고 현실에 갈등하는 처지를 효과적으로 부각하기 위해 존재의 고립과 허무를 드러낼 때는 어둠 상징을 사용하고 부동심과 영원성을 지향할 때는 밝은 빛을 사용한다. 또한 유치환은 존재의 심연을 상징하고자 할 때 어둠을 물과 결합시키며 무한의 깨달음을 상징하고자 할 때 빛을 소리와 결합시킨다. 이처럼 유치환은 빛을 통해 천상의 세계, 어둠은 지상의 세계라는 의식의 상관성을 드러내고 있다. 이는 시인의 빛에 대한 긍정적 관념과 어둠에 대한 부정적 관념을 반영하는 것이다. 특히 빛의 열기는 유치환의 의식 속에서 존재의 승화로 나타난다. 즉 경계와 초월 의식을 지닌 '여명' 이미지로 내재화되며 이상적인 존재로 옮아가기 위한 시적 방법을 활용하고 있다.

다)는 폭풍우의 거친 물의 상징이 나타난다. 운명은 폭력적인 물의 어둠에 "묻히어" 있다. 또한 이 운명을 통과하고자 하는 신념의 불이 동시에 나타난다. 화자는 변경할 수 없는 자신의 운명이 처참한 폭풍우의 暗夜에 묻힌 것으로 인식한다. '묻히어'라는 표현은 라)의 "숨어"와 마)의 "묻히어"에서 볼 수 있듯이, 유치환의 밀폐된 존재 의식을 엿볼 수 있는 부분이다. 앞서 살핀 "휘덮어 묻다", "지붕 밑에 숨어"도 같은 맥락에 있다. '숨다'와 '묻히다'는 자의든 타의든 존재를 감추거나 감금하는 행위이다. 다)에서의 "묻히다"는 수면 아래에 자신을 침잠시킨다는 것이고, "暗夜" 속에 몸을 용해시켜 감금한다는 뜻이다. 이것은 아래로 하강하는 시인의 유폐의식을 말하는 것이다.

라)의 "한낮에도 오히려 어두운 樹陰에 숨어"는 빛을 의식적으로 피해 축축한 어둠으로 젖어드는 존재를, 마)의 "濕하고 거미줄 같은 속에 묻히어"는 인간사에 습하게 얽매인 암울한 존재를, 바)의 "광야는 陰雨에 바다처럼 황막히 거슬어"는 험난한 물의 심연에 잠긴 존재를 사)의 "이레째 暗愁의 비 내리고"는 검은 절망에 침잠된 존재를 나타낸다.

어둠과 몸을 섞은 물은 정태적이지 않고 화자를 하강의 심연으로 인도하는 운동성을 갖는다. 절망적인 물은 의식 속에서 정지되어 있지 않고 동력에 따라간다. 물의 하강에 시인의 어두운 절망이 더해지면 추락으로 변한다. 절망의 무게로 떨어지는 수직 추락의 지점에 시인의 암울한 면이 놓인다.

3) 경계와 초월 : '새벽', '여명', '닭'

유치환은 빛 속에서 어떤 깨달음을 청각적으로 연결하는 시적 지향성을 갖고 있다. 이때 빛이 청각과 중첩돼 우리에게 환기하는 것은 '새벽'이다. 새벽의 희미함은 밤도 아니고 낮도 아닌, 밤과 낮의 경계에 놓여 있다. 또한 새벽은 어둠과 빛의 경계에 존재하면서 낮과 밤을 초월한다. 낮과 밤을 초월한다는 것은 곧 대립을 초월한다는 것을 의미한다.[17)

孤獨한 산정인양 나의 곤한 잠길의 머리맡으로/ 가므레한 새벽
여명이 물드는 기척이 스밀제면/ 어느덧 안해의 기동소리 아렴푸시
귀곁에 들리고/ 그 귀 익은 소리로 더불어/ 나의 日常은 다시 無限으
로 잇닿는 것이었다

— 「산정인양」의 전문(『鬱陵島』)

고독한 산정처럼 느끼고 있는 화자의 머리맡에 "가므레한 새벽 여명
이 물드는 기척이 스"민다. "기척"은 어떤 소리나 기색이다. 화자는 왜
가므레한 새벽 여명이 자신의 머리맡에 스미는 것을 빛이 아니라 '소
리'로 의식하는 것일까. 그런데 또 어렴풋이 귀곁에 아내의 "기동소리"
가 들린다. 아내의 기동소리는 '귀 익은 소리'로 일상적 생활의 소리이
다. 화자는 그 소리와 더불어 "나의 日常은 다시 無限으로 잇닿는 것"이
라 한다. 여명이 물드는 기척과 아내의 기동소리가 만났을 때 비로소
그의 일상은 무한으로 이어진다. 즉, '머리맡/귀곁, 여명이 물드는 기척/
아내의 기동소리, 무한/일상'으로 나타낼 수 있다.

'소리'는 여명 속에서 시인의 내면을 무한의 깨달음으로 인도하는 매
개물로 작용한다. 유치환에게 여명이란 태초의 빛이며 일상을 초월한
무한의 세계이다. 시인의 '日常'이 '無限'으로 나아갈 수 있는 힘은 유치
환이 빛에 '소리'의 긍정적 가치를 결합하는 데에 있다. 여명과 무한의
연결고리는 "귀 익은 소리"라는 시적 장치 안에서 만들어진다. 이것이
곧 유치환이 빛의 상징에 일상의 소리를 끌어들여 내면의 지향을 드러
내는 방식이다.

"가므레"하고 어슴푸레한 빛은 불확실하고 불투명한 시인의 정서를

---

17) 미르치아 엘리아데, 이동하 옮김, 『聖과 俗』, 학민사, 1985, 103쪽.

대변한다. 이러한 마음을 유치환은 '孤獨'이라고 표현한다. '소리'는 작더라도 고독한 시인에게는 심리적으로 커다란 반향을 일으켜서 일상을 무한으로 연결하는 매개물이다.

> 안해 앓아/ 대신 일찍 일어나온 첫아침/ 아직 어두운 가운데/ 풍로에 붙이는 숯불 새빨갛게 일어내려고/ 앞 길에선 달각 달각/ 시내로 들어가는 마차소리 채찍소리/ 물같이 맑은 새벽 공기를 울리고/ 잎새 얼마 남지 않은 가지엔/ 밤부터 부는 세찬 바람이 걸려 있어/주먹 같은 광채의 별 하나 남아 있는 동방으로부터/ 끝없이 淸澄한 은빛 아침을 데불고 오나니/ 안해는 항상 이렇듯 맑게 일어나오는 것이었고나
>
> — 「안해 앓아」의 전문)(『生命의 書』)

"안해 앓아 대신 일찍 일어나온 첫아침"에 화자는 "안해는 항상 이렇듯 맑게 일어나오는 것이었고나" 하고 깨닫는다. 여기에서 "첫아침"은 화자가 맞아들이는 처음의 빛의 세계인 동시에 무한의 세계이다. 이 시의 앞부분을 보면, 화자는 일상을 시작하기 위해 풍로에 불을 붙이려고 한다. 그런데 정작 풍로에 불을 붙이는 것들은 바로 '소리들'이다. 화자에게는 마차소리나 채찍소리가 새빨간 빛을 '일어내'기 위한 소리들로 들리는 것이다.

"풍로에 붙이는 숯불 새빨갛게 일어내려고/앞 길에선 달각 달각/시내로 들어가는 마차소리 채찍소리/물같이 맑은 새벽 공기를 울리고" 있다는 표현은 빛과 소리에 대한 화자의 독특한 의식을 설명해준다. 이와 같은 일상의 소리가 새벽 공기를 울려서 풍로의 숯불을 새빨갛게 일어나게 하는 영상은 '아직 어두운' 세계 안에 있는 화자가 '소리'를 매개로

하여 빛의 세계를 받아들이고 있음을 나타내는 것이다.

첫아침과 무한의 연결고리는 "마차소리", "채찍소리", "세찬 바람"이라는 청각적 장치로 만들어진다. 이 소리들은 '주먹 같은 광채의 별 하나 남아 있는 동방으로부터/끝없이 淸澄한 은빛 아침을 데불고 오'는 역할을 하는 것들이다.

> 밖으로 찬꺼리를 사러 나간 안해여 어서 돌아오소/ 오늘 밤은 일찍암치 저녁을 지어 먹고/ 등불을 다가 놓고 태초의 먼 소식을 듣자
> ─「雨夜」의 부분(『生命의 書』)

위의 시는 그 시적 배경이 새벽은 아니지만, 빛과 소리와의 관계를 말해 주는 시이다. 화자는 매우 평범한 일상을 영위하는 가운데 '등불'을 통해 '태초의 먼 소식을 듣자'고 제의한다. 화자가 어둠의 공간에서 빛을 통해 무한을 느끼는 방식은 다른 감각이 아니라 듣는 감각으로 나타난다.

> 감으레한 여명이 배일(孕) 때는/ 먼 마을마다 가늘은 鷄鳴이 간곡히 잦았소// 아득히 갈앉았던 외로운 마을에/ 푸른 아침이 오려 하자마자/ 아낙들은 아미에 동이를 받고/ 밤새 정하게 고인 샘물을 길으러/ 새벽길을 첫닭인 양 나섰소
> ─「이리하여 아침은」의 전문(『生命의 書』)

빛에 '소리'의 긍정적 가치를 결합하는 시적 습관이 나타나는데, '닭울음소리'는 그 대표적인 예라고 할 수 있다. 인용 시「이리하여 아침은」에서 "감으레한 여명이 배일(孕) 때는/먼 마을마다 가늘은 鷄鳴이 간곡

히 잦았소"는 여명과 '鷄鳴', 즉 빛과 소리의 결합의 예를 보여준다. 닭은 울음으로써 새벽을 알리는 존재이며, 빛의 세계를 여는 존재이다. 특히 닭울음소리의 기능은 빛을 예고하는 데 있기 때문에, 닭은 태양을 의미하기도 한다.

닭은 날개를 가지고 있으면서도 날개를 거의 날지 않는다. 지상에서 생활하며 닭은 어둠과 밝음의 경계를 초월하여 유한성의 관념을 허무는 존재이다. 그리하여 닭은 낮과 밤을 초월한 새벽의 존재로 상징된다. 이 시에서 닭울음소리는 여명이라는 빛의 상징과 닭의 상징이 서로 초월의 코드로 맞물림으로써 무한의 의미로 극대화된다. 여기에서 '첫닭'이라는 시어 또한 앞의 '첫아침'과 마찬가지로 무한의 의미를 내포하는 장치이다.

> 깊은 잠결의 어느 겨를에 생겼음인지 한결같이 울려오는 낭랑한 먼 다듬이 소리는 한 해 두 해 간곡히 외치는 닭울음소리로 더불어 겨우 짐작할 수 있는 새벽의 기차와 옴에 따라 점점 맑아질 따름이었다
> 열사흘 달은 어느덧 서쪽 대밭 위에 기울고 마을은 집집이 지닌 한량없이 아늑한 제 그늘에 가리어 누리는 늘어진 안식도 이미 몇 고비를 무르익은 무렵 차라리 먼 암자의 인경소리는 겨울한 중의 선하품과 시금한 눈시울의 여운을 늘어드려 오건만 어느 마을방 어둑한 등잔 아래 초롱초롱 맑은 눈매와 단정한 앉음새로 홀로 일어 깨우치는 이 여인의 다듬이소리는 물 같은 밤 고요의 온갖에 울림하여 남김 없는 그 大氣의 무늬는 드디어 깊이 잠든 먼 별들까지 즐거운 선율로 눈뜨이고 다시 몇 억만 光年을 因果不滅의 법칙과도 같이 무궁으로 무궁으로 번지어 갈지니
> 저 먼 동방의 향가새꽃빛 새벽을 부르며 부르며——
> ──「깨우침」의 전문(『蜻蛉日記』)

인용 시 「깨우침」에서 화자는 잠결에 다듬이 소리와 함께 "닭울음소리"를 들음으로써 새벽이 가까워 오는 것을 깨닫는다. 이 시 제목에서 보듯이 '깨우침'은 다음과 같은 상징과 관념으로 나타난다. 먼저 '낭랑한 먼 다듬이 소리→ 닭울음소리→ 새벽→ 깨우침→ 因果不滅의 법칙→ 무궁'은 그가 어떻게 무궁으로 나아가고 있는가를 보여준다.

닭울음소리와 함께 다듬이 소리는 새벽이 찾아들면서부터 화자의 귀에 점점 맑아지는 것으로 들린다. 이것은 곧 잠결에서 깨어나며 화자의 의식이 점점 맑아지고 있음을 뜻한다. 새벽의 빛은 초월적 힘으로 다듬이 소리를 因果不滅의 법칙과도 같은 무궁으로 격상시키고 있다. 다듬이 소리가 무궁이라는 깨우침으로 나아갈 수 있는 힘은 바로 닭울음소리와 새벽의 결합에 있다. 「이리하여 아침은」에서 보듯이 닭울음소리와 새벽이 결합하여 창조한 초월은 다듬이 소리를 그의 의식 속에서 깨우침으로 받아들이는 것이다.

> 문장지 가므레 나의 머리맡으로 물인 듯 창창히 스며드는 새벽빛이여.
> 어제 저녁 그렇게도 안타까이 絶望에 몰아뜨려 까무러치고야 말더니,
> 이제 다시 내 곤히 잠결에 잠겼어도 그 기척 아련히 살아 듦을 알겠거니,
> 은은히 종소리도 울려 오며ㅡ
>
> 드디어 사망의 집 속에 누웠을 날에도 이렇게 날 일깨워 부르실 소리여
> ㅡ「復活」의 부분(『예루살렘의 닭』)

「復活」에서 화자는 "나의 머리맡으로 물인 듯 창창히 스며드는 새벽 빛"을 "기척"과 "종소리"로 깨닫고 있다. 화자는 빛의 사라짐을 "絶望에 몰아뜨려 까무러'"지는 것으로 표현한다. 이것은 빛과 어둠에 대한 시인의 관념을 보여준다. 어둠은 절망에 이어 죽음이라는 의식, 빛은 '부활'이라는 의식을 드러내는 것이다. 따라서 '내 곤히 잠결에 잠겼어도'는 화자의 죽음의식을, "그 기척 아련히 살아 듦을 알겠거니"는 화자의 부활의식을 말해준다. 이것을 시인은 무한으로 받아들이고 있다. 또한 그는 이 무한을 깨달을 때의 내면의 울림을 새벽빛의 '기척', '은은한 종소리'로 상징한다.

3. 결론

이상으로 본고는 유치환이 사용한 광범위한 여러 상징들 중에서 선명한 대비를 이루는 '명암' 상징을 중심으로 내면세계의 특징을 고찰하였다. 빛과 어둠은 '선/악, 희망/절망, 생명/죽음'이라는 유치환의 이원적 관념에서 비롯한 것이다. 유치환은 숙명에 괴로워하고 현실에 갈등하는 처지를 보다 효과적으로 부각하기 위해 어둠 상징을 동원하는 반면, 이것의 초월을 시도할 때나 시인 자신이 밝은 세계를 지향할 때는 빛을 연출한다. 또한 존재의 심연을 상징할 때는 어둠을 물과 결합하며, 무한의 깨달음에는 빛을 소리와 합체한다.

이처럼 유치환은 빛을 통해 천상의 세계, 어둠은 지상의 세계라는 이원론적 의식을 드러낸다. 이는 시인의 빛에 대한 긍정적 관념과 어둠에 대한 부정적 관념을 반영하는 것이다. 특히 빛의 열기는 유치환의 의식 속에서 존재의 승화로 나타난다. 빛의 내재화는 보다 완전한 존재로 옮아가기 위한 시적 방법이다. 유치환은 창작 활동의 구심점을 인간의 존재론적 결핍과 욕망의 문제에 두고 시로 표현하고자 노력하였다. 그는 인간 존재에 대한 애정과 집착이 강한 만큼 결핍에 예민하였고, 불완전한 존재의 갈등을 초월하기 위해 안간힘을 쓰는 과정에서 자학의 증세를 보이기도 한다.

본고는 유치환의 인간에 대한 애증이 그의 내면에 커다란 고뇌의 원인으로 작용하였으며, 고뇌와 결핍을 초월하고자 하는 욕망이 시 창작의 원동력이 되었다고 본다. 유치환은 그의 내부의 고뇌를 성찰하기 위해 오랜 기간 위의 고찰과 같은 상징의 방식을 사용하였다.

유치환은 자신의 결핍과 욕망을 언어로 대신하는 과정에서 존재의 치유를 꿈꿨다고 볼 수 있다. 그의 욕망이나 관념, 의식 및 무의식은 여러 상징들을 직조한 구조물, 즉 시 텍스트들을 만들어낸다. 그러나 무엇도 그의 내적 욕구를 완벽히 충족시켜 줄 수 없었다. 그러므로 유치환의 시의 상징은 결핍이자 또 다른 욕망의 출발이다. 유치환은 초월에 이르면 부족한 것이 없으리라 기대한다. 그러나 그의 초월 욕망은 또 다른 결핍을 만들고 새로운 욕망을 반복하는 과정에서 풍요로운 상징을 창조하는 역할을 한다. 요컨대 본고는 유치환의 의식세계가 '명암' 상징을 통해 욕망과 결핍의 문제를 길항하면서 양가성을 드러내고 있다고 본다.

참고문헌

• 기본자료

유치환, 『靑馬詩鈔』, 청색지사, 1939.
유치환, 『生命의 書』, 행문사, 1947.
유치환, 『鬱陵島』, 행문사, 1948.
유치환, 『蜻蛉日記』, 행문사, 1949.
유치환, 『예루살렘의 닭』, 산호장, 1953.
유치환, 『구름에 그린다』, 신흥출판사, 1959.
유치환, 『幸福은 이렇게 오더니라』, 1967.
유치환, 『靑馬柳致環全集(1-3)』, 정음사, 1984.
유치환, 『청마유치환전집(I-VI)』, 국학자료원, 2008.

• 단행본

김윤식 · 김 현, 『한국문학사』, 민음사, 1973.
김윤식, 『한국근대 작가론고』, 일지사, 1976.
김종길, 『詩論』, 탐구당, 1965.
김준오, 『詩論』, 문장, 1982.

서정주 편,『現代朝鮮名詩選』, 온문사, 1950.

이상섭,『문학비평용어사전』, 민음사, 2003.

이승훈,『문학상징사전』, 고려원, 1995.

이승훈,『라캉으로 시 읽기』, 문학동네, 2011.

이어령,『공간의 기호학』, 민음사, 2000.

바슐라르 가스똥,『불의 정신분석/초의 불꽃 외』, 민희식 옮김, 삼성출판사,
　　　1990.

바슐라르 가스똥,『순간의 미학』, 이가림 옮김, 영언문화사, 2002.

엘리아데, 미르치아,『聖과 俗』, 이동하 옮김, 학민사, 1985.

• 논문

김동리,「新世代의 精神—文壇「新生面」의 性格, 使命, 其他—」,『문장』2권
　　　5호(1940.5).

김수정,「청마 유치환의 심상 체계 연구」, 연세대 대학원 석사학위논문, 2003.

김윤식,「虛無主義와 修辭學」,『한국근대 작가론고』, 일지사, 1976.

김진희,「생명과 시의 현대성 연구」, 이화여대 대학원 박사학위논문, 2001.

문덕수,「青馬 柳致環論」,『현대문학』, 1957. 11－1958. 5.

민미숙,「유치환 문학의 '생명 인식' 연구」, 인하대 대학원 박사학위논문,
　　　2010.

박진희,「유치환 시의 아나키즘적 특성 연구」, 대전대 대학원 박사학위논
　　　문, 2011.

방인태,「한국현대시의 인간주의 연구: 柳致環의 詩를 중심으로」, 서울대
　　　대학원 박사학위논문, 1990.

서동인,「한국 현대시에 나타난 '생명성' 연구」, 성균관대 대학원 박사학위
　　　논문, 2005.

이새봄, 「유치환의 아포리즘 연구」, 『한국시학연구』 24집, 2009.

이재훈, 「한국 현대시의 허무의식 연구」, 중앙대 대학원 박사학위논문, 2007.

이지원, 「유치환 초기시의 동물상징체계」, 『어문연구』 58집, 2008.

임수만, 「유치환 시의 낭만적 특성 연구: 낭만적 아이러니를 중심으로」, 서울대 대학원 박사학위논문, 2004.

정은숙, 「유치환 시 연구: 심상과 어조를 중심으로」, 서강대 대학원 석사학위논문, 1997.

정주연, 「유치환 시 연구: 아포리즘과의 관계를 중심으로」, 서강대 대학원 석사학위 논문, 1999.

최동호, 「韓國現代詩에 나타난 물의 心象과 意識의 硏究: 金永郎. 柳致環. 尹東柱의 詩를 中心으로」, 고려대 대학원 박사학위논문, 1981.

한미경, 「유치환 시 연구」, 충남대 대학원 박사학위논문, 2007.

이영도 시조에 나타난
자연이미지의
공간과 시간

1. 시작하며

한국근현대문학사에서 이영도 시인의 문학적 성과는 일부 선입견이 작용하였다. 그의 시세계를 연구할 때 시인 고유의 정신적, 사상적 면모보다는 여성으로서 여리고 감성적인 언어의 표현부터 접근[1]하는 성향이 있었다. 그러다 보니 시인이 고뇌한 인간 존재의 내면 갈등이나 거시적으로 관심을 가졌던 분단 현실의 문제에 대한 연구는 소원했다. 거기다 오빠 이호우 시인의 영향, 유치환 시인과의 친분[2]은 한(恨)이나

---

1) 고인자, 「이영도 時調 硏究」, 성신여자대학교 대학원 석사학위논문, 1990.
   김은아, 「이영도 時調 硏究」, 경남대학교 교육대학원 석사학위논문, 1996.
   김점성, 「이영도 시조 연구」, 건국대학교 교육대학원 석사학위논문, 1997.
   김종, 「이영도론」, 『시조와 비평』 4권 1호(봄호), 시조와 비평사, 1992.
2) 오면 민망하고 아니 오면 서글프고/ 행여나 그 음성 귀 기울여 기다리며/ 때로는 종일 두고 바라기도 하니라// 정작 마주 앉으면 말은 도루 없어지고/ 서로 야윈 가슴 먼 창(窓)만 바라보다가/ 일어서 가면 하염없이 보내리라. ―이영도, 「무제」, 『청저집』,

그리움 등 정한의 세계에 초점을 맞추는 데 일조를 하였다. 본고는 기존 연구에서 간과한 면을 찾아보려는 필요성으로 그의 시조에 많이 나타난 자연이미지가 궁극에는 어떤 의미를 지니는 지를 중심으로 고찰하려고 한다.

이영도 시인은 세 권의 시조집을 남겼다. 첫 시집은 1954년 <문예사>에서 발행한 『靑苧集』이고 두 번째 시조집은 1968년 <중앙출판공사>에서 오빠 이호우 시인과 함께 <오누이시조집>으로 묶어서 발행한 『석류』이며 세 번째 시조집은 1976년 <중앙출판공사>에서 발행한 유고시집 『언약』이 그것이다. 이 세 권에 실린 작품들을 포함하여 이영도 시인이 생전에 쓴 작품을 전부 합하면 204편이나 그 가운데 37편은 중복 게재하였으니 실질적인 작품은 167편이다. 선생의 문학 활동 기간이 「제야」를 쓴 1945년부터 작고한 1976년 초까지 30년이고 보면 결코 많은 작품이라고 할 수는 없다.

하지만 이영도 시인은 끊임없이 고민하고 개작하여 결코 즉흥적이거나 일회성의 감정표현이 아닌 사유 깊은 시세계를 보여주었다. 문학적 동반자인 이호우 시인이나 유치환 시인의 사후, 이영도는 활발하게 문학활동을 한다. 시와 수필집 그리고 두 사람이 나눈 서한집도 공개한다. "문학이 나를 버리지 않는 한 결코 나는 문학을 버리지 않는다"[3] 라고 할 정도로 강렬하고 투철한 시정신을 지녔다. 이제부터 이영도 시조에 많이 나타나는 자연이미지의 특성을 중심으로 구체적인 사례를

문예사, 1954.
너는 저만치 가고 나는 여기 섰는데/ 손 한 번 흔들지 못한 채/ 돌아선 하늘과 땅/ 애모는 사리(舍利)로 맺혀/ 푸른 돌로 굳어라 - 이영도, 「탑」, 『석류』, 중앙출판공사, 1968.
3) 조현경 엮음, 이영도 평전 - 『사랑은 시 보다 아름다웠다』, 영학출판사, 1984.

통해 재평가해 보려고 한다.

2. 자연이미지와 여성의 결합

예로부터 자연은 시적 상상력의 원천이 되어왔다. 이영도 시조에서도 자연이 빈도수가 높게 등장하는 것을 보면 그의 문학 활동 역시 전통적인 사고방식의 테두리에서 이루어지고 있다. 그러나 이영도 시조에서 자연 이미지는 고답적으로 산천초목을 음풍농월의 대상으로만 간주하지 않는다. 정치적이고 사회적인 현실을 문제 삼고 있다. 이러한 시각의 전환은 이영도의 시조가 지닌 새로움이며 시조를 현대적으로 계승할 수 있는 방안을 보여준다.

또한 이영도 시조의 자연 이미지에서 주목할 점은 자연과 여성의 몸과의 연관성이다. 자연이 여성의 몸에 대한 알레고리로 작용하고 있다. 오래 전부터 자연은 우리의 신체의 형상과 대비되곤 했다. 산맥은 신체의 뼈대이며, 강물은 몸속의 혈관과 그곳을 흐르는 혈액이라는 식으로 자연의 다양한 요소들은 바로 우리 신체의 요소와 정확히 대응되는 것으로 파악되었다.[4]

이와 같은 체계를 미셸 푸코는 '유사성의 원리', 혹은 '유사성의 상상력'으로 명명한 바 있다. 서로 다른 대상들을 유사한 속성과 성질을 가진 것으로 상상해서 대응시키는 유사성의 원리는 알레고리에 입각하여 근대적 표상체계와 대비되는 전근대적인 사유의 특징이다.[5]

---

4) 한면희, 『동아시아 문명과 한국의 생태주의』. 철학과현실사, 2009, 261쪽~273쪽.
5) 미셸 푸코(이광래 역), 『말과 사물』, 민음사, 1987, 99쪽~104쪽.

그러나 이영도 시조의 자연 이미지가 당대의 어떠한 현실을 문제 삼고 있는지 구체성이 규명될 때 가치 평가도 연동될 수 있을 것이다. 특히 이영도 시조의 자연 이미지는 여성성의 문제와 연관되어 있다는 점에서 에코페미니즘과 친연하다.

　　'에코페미니즘(Ecofeminism)'은 '페미니즘(Feminism)'이라는 말에 생태나 환경을 뜻하는 접두사 '에코(eco)'의 합성어로 여성과 자연의 해방을 추구하는 이론이며 운동이다. 주지하듯이 에코페미니즘은 문학적 영역에서 '여성과 자연의 관계'를 주목하는 성향을 지니고 있다.6) 이것은 자연과 인간을 이분법적으로 나누어 인식하는 것이 아니라, 마치 공동체처럼 인식하는 관계를 말한다. 이러한 관계 맺음의 근원에는 서로의 존재를 인정하는 동등하고, 평등한 인식이 전제되어야 한다. '내'가 능동적인 주체이면 '자연' 역시 능동적인 주체라는 인식을 통해 상호협력으로 자아와 타자의 경계를 허무는 것이다.7)

　　이영도 시조에서 자연 이미지는 모성의 이미지로 치환되면서 에코페미니즘과 맞닿아 있다. 다양한 사물들이 어머니의 모습과 성향, 특히 생명을 낳고 기르고 보살피는 의미와 긴밀히 연결된다. 이는 생태계가 파괴되는 오늘날 불모적인 현실에 귀감이 된다 하겠다. 이제부터 다양한 사례를 보기로 한다.

　　　　가) 우러르면 내 어머님/ 눈물 고이신 눈매//
　　　　얼굴을 묻고/ 아, 우주(宇宙)이던 가슴//

6) 김욱동, 『문학 생태학을 위하여』, 민음사, 1988, 261쪽.
7) 남진숙, 「한국 현대시의 에코페미니즘적 상상력 연구」, 동국대학교 박사학위 논문, 2008, 96~97쪽.

그 자락/ 학(鶴)같이 여시고, 이 밤/ 너울 너울 아지랑이
—「달무리」전문8)

나) 탐스런 젖가슴/ 암반 같은 볼기짝들//

하야 맑은 몸매/ 감추듯 들내는 듯//

충충이/ 내리는 물에/ 눈이 부신 반석(盤石)들.
—「계곡(溪谷)」전문9)

가)는 시적 대상인 달무리가 어머니의 가슴으로 묘사되고 있다. 어머니의 가슴은 시적 화자에게는 하나의 우주이며, 아지랑이처럼 신비하다. 또한 "학"처럼 고상하고 품격이 있다. 어머니의 가슴을 "우주"라고 묘사한 부분에 주목해 보면 모든 생명체의 모태이자 생명이 영위되는 토대라는 점에서 그럴 수 있다. 전통적으로 달은 원형적인 사고에서 여성성의 상징으로 생명의 탄생에 깊숙이 관여하는 주요한 원천으로 간주되었다.10)

어머니의 "눈물 고이신 눈매"는 달무리의 형상이며 생명들을 잉태하고 감싸는 기능을 한다. 달무리가 원형적 상징인 것은 어머니의 가슴이 원초적인 이미지로 결합되었기 때문이다.

나)의 예시도 자연이 여성의 신체로 의인화되고 있다. 계곡이 여성의 "젖가슴"과 "볼기짝들", "맑은 몸매" 등으로 비유되어 생명력으로 가득 차 있다. 계곡의 언덕은 "탐스런 젖가슴"으로 부풀어 있고, 넓적한 바위

---

8) 이영도, 『言約』, 中央出版公社, 1976, 13쪽.

9) 이영도, 『石榴』, 中央出版公社, 1968, 131쪽.

10) 원시 민족, 특히 마오리 족 등은 남성과 여성사이의 결혼은 아무런 의미가 없으며, 여성에게 실제로 잉태시키는 것은 달이었다고 생각했다 한다. 에스터 하딩(김정란 옮김), 『사랑의 이해』, 문학동네, 1996, 51쪽~56쪽 요약.

들은 "암반 같은 볼기짝들"처럼 펑퍼짐하게 퍼져 있다. 반석(盤石)들 또한 맑고 깨끗해서 눈이 부실 정도로 환하다. 물에 잠겼다 떠오르는 모습은 맑은 몸매를 "감추듯 들내는 듯" 신비하다. 이처럼 여성의 몸으로 묘사되고 있는 자연은 모성적 속성을 지닌 여체의 알레고리로 맑고 깨끗하다.

> 조용히 잠결을 흔들고/ 장지 밖 봄비 소리//
> 한 겨울 내 담통(膽痛)을 풀며/ 우수절(雨水節) 밤비가 내린다//
> 강산(江山)은/ 관절(關節)을 펴고/ 말문들이 풀리겠다
>
> ―「봄비」 부분[11]

화자는 봄에 내리는 비가 한겨울 답답했던 자신의 가슴의 통증을 풀어주면서 내린다고 진술한다. 봄비는 굳어 있던 강산(江山)의 문제도 해결한다. "관절을 펴고/말문들이 풀리겠다"는 묘사가 이를 대변한다. 강과 산은 육체의 관절과 같은 요소로 이루어진 유기체이며 봄비로 생기를 얻는다. 강산은 생명체로 자신의 고통과 욕망을 나타내는 유정물이다. 시적 화자는 이러한 과정을 "말문이 풀린다"고 표현하고 있다.

> 맥맥히 산자락을/ 굽이마다 엎딘 초가//
> 그 가난을 에워/ 복사꽃 물이 오르네//
> 부풀은/ 가슴을 열고/ 씨 부르는 대지들
>
> ―「봄」 부분[12]

---

11) 이영도, 앞의 책, 74쪽.
12) 위의 책, 56쪽.

봄이 되자 부풀어 오른 대지를 가슴으로 비유하며 가슴과 같은 대지들이 씨를 부르고 있다고 한다. 이 작품은 수묵화를 보는 듯한 느낌이 들고 인간과 자연이 조화로운 관계를 유지하고 있다. 이 시에서 복사꽃은 가난을 위로하는 자연의 축복인 셈이다.

1) 불모적 현실 인식과 극복

위에서 밝혔듯이 이영도 시조에서 자연은 어머니의 가슴이며, 풍요로운 생명현상의 원천으로 작용하였다. 그런데 자연이 당대의 분단 현실이 되면 불임과 불모성을 지닌다.

> 젊음마저 움츠린 조국/ 서리 매운 이 세월을//
> 한 점 불씨에도/ 미칠 수 없는 둘치//
> 회귀할 그 길 헤이며/ 몸을 고쳐 세운다.
> ― 「단풍(丹楓) 앞에서」 부분13)

위의 시는 단풍(丹楓)을 보면서 생명이 고갈된 조국의 현실을 노래하고 있다. 조국이 "젊음마저 움츠린" 곳이라 "한 점 불씨에도 미칠 수 없는 둘치"라고 정의한다. 생리적으로 새끼를 낳지 못하는 짐승의 암컷을 지칭하는 둘치를 빗대어 불임과 불모의 조국에 대한 안타까운 심정을 토로하고 있다.

그러니까 이 시는 "젊음"과 "불씨" 같은 왕성한 생명력을 암시하는 이미지와 '움츠리다', '서리', '맵다', '둘치' 등의 시련과 좌절의 이미지

---

13) 위의 책, 24쪽.

가 교직한다. 전자보다 후자가 시적 공간을 지배함으로써 상실의 분위기가 고조되어 있다. 또한 '단풍'을 보면서 왕성한 생명력으로 타오르지 못하고 분단과 전쟁, 독재와 억압을 받는 나라에 대해 안타까운 심정이 드러난다. 그리고 "'회귀할/그 길 헤이며/몸을 고쳐 세운다"라는 종장의 구절을 보면 자연 본래의 풍요로움으로 복귀할 날을 고대한다.

> 회한(悔恨)은 골을 울어도/ 오관(五管) 마저 닫힌 산하(山河)//
> 가슴 깊은 소(沼)에/ 녹슨 언어(言語)만 잠기는데//
> 한 줄기/ 칠흑을 밝혀/ 아른 아른 발원(發願)이여.
> ― 「장명등(長明燈)」 둘째 수14)

조국이 메마른 불모의 대지로 전락한 이유를 이 시는 해명한다. 산과 강물이 모두 살아있는 증거인 감각적 능력을 상실하여 '오관(五管)마저 닫힌 산하(山河)'가 되었기 때문이다. 그래서 젖을 제공하여 생명을 성장시키는 가슴이라는 연못에 녹슨 언어만 잠겨있다고 한탄한다. 몰락하는 조국의 산하에 대해 대안을 제시하기보다는 장명등을 밝히고 이 상황에서 벗어나고 싶어 한다. 장명등은 대문 밖이나 처마 끝에 달아두고 밤에 불을 켜는 등이다. 때로는 무덤 앞이나 절 안에 돌로 만들어 세우기도 하는데 사악한 기운을 쫓는 벽사(辟邪)의 의미를 지닌다. 등을 통해 조국의 산하를 녹슬게 하는 사악한 세력의 구축(驅逐)을 발원하는 것이다. 그러나 이러한 현실을 타개할 대안을 제시하지 못한다는 점은 현실 문제 해결이 어렵다는 반증이다. 다음 작품도 병든 조국의 산하에 대한 안타까움이 나타난다.

---

14) 위의 책, 77쪽.

그 길던 목숨의 애환/ 바래어(漂白)선 추명(秋明) 밝을//

손 저을수록/ 매달리는 서툰 산하(山河)//

조국은/ 라(癩)를 앓아도/ 사랑이여, 애석(愛惜)이여.

—「갈대」 부분15)

이 시에서 갈대가 목숨을 다했는데도 떠나지 못하는 것은 "매달리는 서툰 산하"에 원인이 있다. 갈대는 자신의 삶을 다했지만 조국의 산하가 "애석"하다. 그래서 화자의 안타까운 심정이 드러나는데 조국이 문둥병 즉 "라(癩)를 앓"아 고통을 받고 있다는 냉철한 인식이 그것이다. 여기서 이영도는 불모의 대지로 전락한 자연을 반성하며 본성을 촉구한다.

가) 이 밤도 그 측선(稜線)엔/ 낭자히 져갈 의지(意志)//

겨레가 겨레를 겨눈/ 이 형벌(刑罰)의 강산(江山) 위엔//

어머님!/ 흰 눈을 내려/ 약손으로 덮으소서

—「등불」 둘째 수16)

나) 눈이 오시네, 사락사락/ 먼 어머님 옷자락 소리//

내 신방(新房) 장지 밖을/ 감도시던 기척인 듯//

이 한밤/ 시린 이마 짚으시며/ 약손인 듯 오시네.

—「설야(雪夜)」 전문17)

가)는 자연의 역설적인 메커니즘을 보여주고 있다. 그동안 조국의

---

15) 위의 책, 46쪽.

16) 위의 책, 99쪽.

17) 위의 책, 66쪽.

산하가 병든 이유를 밝히고 치유의 힘도 아울러 제시한다. 부제처럼 "북한에서 남파한 무장 간첩들과의 접전이 동해안 산악지대에서 치열하던 날 밤에"라는 병기가 시적 정황을 설명해주고 있다. 화자는 무장 공비가 침투해서 벌어지는 교전 현상에서 쓰러져 갈 젊은이들을 생각한다.

앞서 분석한 작품들에서 조국의 산하는 문둥병에 걸려 있거나 오관이 닫혀 있거나 생리적으로 새끼를 낳지 못하는 둘치와 같은 존재이었다. 이 시에서 상처의 원인은 "겨레가 겨레를 겨눈" 데 있다. 6.25 이후의 체제 대립으로 "형벌(刑罰)의 강산(江山)"이 된 것이다.

갈등과 반목이 지배하는 조국의 산하에서 화자는 어머니를 부르며 "형벌의 강산"에 흰 눈이 약손처럼 덮기를 바란다. 여기서 어머니는 흰 눈을 내릴 수 있는 존재로 부각되어 있다. 이렇게 이영도 시조의 자연 이미지는 여체와 연관이 있고 모성을 지녔지만 당대의 분단 현실이 문제가 될 때는 병들거나 불임의 이미지를 표상한다.

나)를 보면 밤눈의 "사락사락" 내리는 소리에서 화자는 "어머님 옷자락 소리"를 떠올린다. 그리고 "약손"을 느낀다. 눈이 이처럼 치유의 효과를 지닐 수 있는 것은 생명을 잉태하고 양육하는 어머니로부터 질병과 고통을 치유하는 힘이 있다고 믿는다.

3. 공간적 자연의 시간성 획득

이영도에게 자연은 생명을 낳고 기르는 모성이며 정화의 힘을 지녔다. 이렇듯 자연 이미지는 생명 현상을 주재하는 원리이자 문제를 해결하는 치유의 대상이다. 여기서 자연의 이미지에 시간의 이미지가 덧씌워지는 중요한 특징을 발견을 하게 된다. 이런 시들을 보면 집단적 생명의 연속성이 역사적인 의미를 지닌다. 시간성과 결부되면서 집단적 생명력을 획득하고 역사성의 공간으로 전이되는데 이때 '어린아이'의 등장과 상관성이 있다. '어린아이'에 의해서 새로운 역사성의 공간으로 거듭난다.

> 가) 아가야 너는 보는가/ 꽃등 같은 동자(瞳子)를 열고//
>   나비, 물, 공기(空氣) 마저/ 독(毒)에 절은 이 거리를//
>   차라리/ 조약돌 사금파리에다/ 소꿉놀이 잠찼는가.
>   「나의 살던 고향은/ 꽃 피는 산골/ 복숭아꽃 살구꽃/ 아기진
>   달래」//
>   노래 속/ 그 꿈의 나라/ 고향들을 찾는 소리.
>   ―「아가야 너는 보는가」 전문[18]

> 나) 비록 소채일망정/ 간 맞춰 끓여놓고//
>   끼니 챙기며/ 더불어 앉은 가족//
>   서로가/ 권하다 보면/ 적은 것도 남느니.//
>   갈수록 내 조국은/ 어두운 소식인데//
>   안기는 어린 것/ 티 없는 눈빛이여!//
>   석간(夕刊)을/ 밀쳐 버리고/ 그를 안아 얼른다.
>   ―「석간(夕刊)을 보며」 전문[19]

가)는 아기의 "꽃등 같은 동자(瞳子)"와 "독(毒)에 절은 이 거리"를 견

---

18) 이영도, 『言約』, 앞의 책, 104쪽.
19) 이영도, 『石榴』, 앞의 책, 88쪽.

주어 순결한 어린 생명과 그것을 위협하는 오염된 자연을 대비시키고 있다. 독에 절은 거리가 자신을 위협함에도 불구하고 조약돌과 사금파리를 가지고 어린아이는 소꿉놀이에 열중하고 있다. 순진한 어린아이이기 때문에 자신에게 닥쳐오는 위험에 대해서 자각하지 못한다. 또한 노래 '고향의 봄' 인용에서 보듯 과거 평화로웠던 자연에서 피폐한 현실로 시간이 이어졌다고 해석할 수 있으며 이는 불안감이 담겨 있다.

나)의 화자는 갈수록 어두워져 가는 조국의 현실을 자각하면서 안타까운 심정이다. "어두운 소식"에 "안기는 어린 것"에서 "티 없는 눈빛"을 느낀다. 그래서 마음이 무거워지는 "석간을 밀쳐 버리고" 어린아이를 안는다. 이 시에는 구체적으로 나라에 어떤 문제가 있는지 정보를 드러내지 않았다. 다만 어려운 현실을 제시하고 "어린 것"을 안는 것으로 보아 염려가 느껴진다. 자연은 "어린 것"에게 삶의 터전을 제공하는 토대이므로 어두운 현실이 염려스러운 것이다.

산천은 시적 화자의 삶의 터전이며 앞으로 어린아이가 이어서 살아갈 미래의 터전이라는 점에서 중요하다. 산천은 영구한 시간을 견디며 생명을 잉태하고 키워내는 모태와 같은 중요한 존재이다. 이러한 공간적 자연이 시어 "어린 것"의 상징성을 따라 시간적 자연으로 세대를 이어가며 연속성을 띠고 의미변화를 꾀한다. 다음 작품에서는 보다 직접적으로 표명이 되고 있다.

1. 여긴 내 신앙의 동주리/ 낙동강 홍건한 유역//
   노을 타는 갈밭을/ 철새 떼 하얗게 날고//
   이 수천(水天) 행구는 가슴엔/「세례 요한」을 듣는다.
2. 석간을 펼쳐 들면/ 손주놈「고바우」를 묻는다
   혀 끝에 진득이는/ 이 풍자(諷刺) 감칠맛을//

전할 길/ 없는 내 어휘(語彙)/ 모국어도 가난타네.

3. 네 살짜리 손주놈은/ 생선(生鮮) 뼈를 창(窓)살이라 한다//
장지엔 여릿한 햇살/ 접시엔 앙상한 창(窓)살//
내 눈은/ 남해(南海) 검붉은 녹물/ 먼 미나마다(水俣灣)에 겹
친다.

4. 용서하자 용서하자/ 일곱 번의 일혼 번도//
넉넉히 폭(幅)을 열고/ 봄을 풀어 흐르는 강//
내 가슴/ 한 뼘 오기에도/ 물고 이제 터거라.

　　　　　　　　　　　　　　　　　　　— 「흐름 속에서」 전문[20]

　이 시조도 어린아이와 환경오염의 대립구도를 취하고 있다. "생선 뼈
를 창살이라"고 말하는 손자를 보면서 무구한 동심의 세계에 감동한다.
"접시엔 앙상한 창살"은 장지문을 통해서 들어온 햇살을 다시 접시의
생선 뼈라는 창살을 통해 비치고 있는 광경이다.

　여기서 화자는 남해의 바다에서 일본의 "미니마다항"으로 상상의
공간을 이동시킨다. 수질오염이 심해지면서 '미나마다병'이라는 질병
이 야기된 이곳은 산업화로 환경이 파괴되었다. "검붉은 녹물"이라는
직접적인 표현에서 알 수 있다. 화자는 손자의 상상력에 매료되었지만
이도 잠시 "앙상한 창살"이라고 느끼는 순간 환경적 재앙을 연상한 것
이다.

　이영도는 오염된 자연을 보면서 순진한 어린 아이를 떠올리는 법칙
성을 보여준다. 예전에는 깨끗했던 자연이었으나 훼손된 현실을 안타
깝게 생각한다. 이는 과거와 현재의 이미지가 연속되면서 시간성을 확
보한다 하겠다. 어린아이를 통해 미래에 대한 암울한 전망을 표출하고

---

20) 위의 책, 34쪽.

병든 자연에 대한 각성을 촉구한다. 그러므로 자연은 생명을 잉태하는 여체이자 모성이고 치유의 신비한 힘을 지녔다. 여기에 시간성이 첨가되면 역사성을 지니며 뭇 생명들이 대대로 생명을 이어나간다.

> 목 마른 가슴을 여며/ 눈 감는 내 조석(朝夕)은//
> 그 나라 이어 맺을/ 손질하는 여린 실끝//
> 뜨겁게/ 생애(生涯)할 무늬/ 씨와 날을 감는 꾸리.
>
> —「기도(祈禱)」 전문21)

화자는 어떤 문제에 직면해 있으며 갈망하고 있다. "목마른 가슴을 여며/눈 감는 내 조석(朝夕)"이라는 표현이 상황을 대변한다. 다음 중장을 보면 고민이 결국 앞의 작품과 같이 어린아이의 생명을 위협하는 문제라는 것을 알 수 있다. "그 나라 이어 맺을/손질하는 여린 실끝"이라면서 고민의 대상이 "여린 실끝"이라는 사실을 명시하기 때문이다.

끊어지지 않고 이어지는 '실'의 이미지는 그의 시조에서 자주 강조되는 이미지 가운데 하나이다. "연연한"은 '빛이 엷고 산뜻하며 곱다' 혹은 '아름답고 어여쁘다'는 뜻으로 '이어져 길게 뻗다'는 의미와 중첩되어 '실'이라는 이미지와 연결된다. 이 '실'의 이미지는 "그 나라 이어 맺을" '실'로서 정의되고 있다. '실'은 한 국가의 영속성을 보장하는 요소로 생존을 지속하게 해줄 동인(動因)이다. 결국 어린 생명이 새로운 국가의 구성원으로 국가의 영속성을 보장한다. 따라서 조국과 관련된 '실'의 이미지는 연면(連綿)히 이어지는 생명력에 대한 강한 애착을 나타낸다.

---

21) 위의 책, 71쪽.

종장에는 실에 대한 이미지를 변형해서 "뜨겁게/생애(生涯)할 무늬/씨와 날을 감는 꾸리"라고 표현하고 있다. '실'은 어린 아이가 자신의 한 평생을 살아갈 시간이며, 씨줄과 날줄이 되어 한 생의 무늬를 짜낼 것이라는 인식이 깊다. 마지막 시어인 "꾸리"는 실을 둥글게 감아 놓은 실타래이므로 어린아이가 살아갈 역사이다. 이렇듯 이영도 시조의 자연은 생명의 모태이자 시간적 지속성을 유지할 역사의 모태이기도 하다.

1) 역사를 통한 단호한 어조

이영도 시조에서 역사의식은 공간적 배경이 시간성을 띠면서 두드러진다. 주지하듯 문학에서 시간과 공간은 불가분의 관계이다. 칸트는 『순수이성비판』에서 "시간은 우리의 내적 상태를 직관하는 형식이다. 시간은 모든 현상 일반의 형식적 조건이기 때문이다. 그리고 공간은 모든 외적직관작용의 근저에 있는 필연적인 표상이다. 공간 안에 대상이 없는 일은 생각할 수 있으나 공간이 전혀 없다는 것은 생각할 수 없기 때문이다. 따라서 공간은 외적 현상의 근저에 반드시 있어야 하는 선천적 표상이다."[22]라고 말한다.

이렇듯 인간의 의식에는 근본적으로 시간과 공간의식이 내재해 있고, 이것이 바로 문학의 기본적인 틀로 작용했다. 시의 원천인 자연을 구성하는 시간과 공간의 질료들이 인간의 의식을 거쳐 문학을 표현하는 주된 재료인 언어에 내포되어 사용되는 것이다. 따라서 시간과 공간

---

22) 칸트, 최재선 역, 『순수이성비판』, 박영사, 1981, 76쪽.

은 사물을 인식하는 데에 근본적으로 작용하는 원리라고 할 수 있다. 이것은 이영도의 시조에 나타난 자연이미지의 특성을 분석하는 데 있어서도 유용하게 작용한다. 시공간 구조에 있어 상호관계에 있는 시조들을 규명하려는 것이 본고의 목적 중에 하나이기 때문이다.

자연이 생명을 낳고 기르는 공간적 터전에서 시간적으로 연속성을 획득하는 시조를 자세히 관찰해 보면 서술형 어미에 있어서 화자의 어조가 단호하고 격정적인 공통점이 있다. 이 부분이 이 글의 도입부에서 문제제기를 하였듯이 이영도 시조가 단아하고 여린 감성을 지녔다는 선입견을 배제하게 하는 대목이다. 여류 시인이라 섬세하고 부드러운 작품을 연상하기 쉽지만 장엄한 분위기를 연출하고 있어 주목하게 된다. 이는 유교주의 사고가 바탕이 되어 민족애와 조국애로 용해된 것으로 사료된다. 이런 경향의 시들은 화자가 여성의 무의식 속에 있는 남성적 요소 즉 아니무스(animus)적인 성향을 띄고 있다 하겠다.

> 눈 오시는 날에/ 동작동 묘지를 걷는다//
> 뜨겁게 목숨을 사뤄도/ 사무침은 돌로 섰네//
> 산하도/ 고개를 숙여/ 이 절규를 듣는가//
> 뉘우침은 강물 되어/ 갈아입은 영혼의 법의(法衣)//
> 겨레와 더불어 푸르를/ 이 중언의 언덕 위에//
> 감감히/ 하늘을 덮어/ 쌓이는 꽃잎, 꽃잎.
>
> — 「낙화」 전문[23]

어느 눈 내리는 날 동작동 국립묘지가 배경이 되어 있는 이 작품은

---

23) 이영도 시조 전집 『보리고개』중에서 『언약』, 76쪽.

독자를 숙연하게 한다. "뜨겁게 목숨을 사뤄도/ 사무침은 돌로 섰네" 와 "겨레와 더불어 푸르를/ 이 증언의 언덕 위에"라는 구절 역시 동작동 국립현충원의 풍경을 엄숙하고 장엄하게 그리고 있다. "이 절규를 듣는가" 라는 서술형 어미에서 보듯 격정적인 태도를 느끼게 하고 "청사에 길이 빛날 거룩한 희생 위에"는 조국애를 승화한 시구이다.

강건한 어조를 지닌 작품으로 「진달래」, 「애가(哀歌), 「단풍 앞에서」, 「등불」 등을 더 예시할 수 있으나 「단풍 앞에서」와 「등불」은 앞에서 인용을 하였으므로 여기서는 생략하고 「진달래」와 「애가(哀歌)를 살펴보도록 하겠다.

가) 너는 내 목숨의 불씨/ 여밀수록 맺히는 아픔//

　　연련히 타는 정은/ 연등(煙燈)으로 밝혀 들고//

　　점점이/ 봄을 흔들며/ 이 강산을 사루는가//

　　가꾸는 손길 없어도/ 내 가슴은 너의 옥토(沃土)//

　　세월이 어두울수록/ 밝혀 뜨는 언약이여//

　　한 무덕 칠성이 내리듯/ 아, 투명히도 아리는 희구(希求)

　　　　　　　　　　　　　―「진달래」― 조국에 부치는 시, 전문[24]

나) 눈에 포탄을 박고 머리는 맷자국에 찢겨

　　남루히 버림받은 조국의 어린 넋이

　　그 모습 슬픈 호소인양 겨레 앞에 보였도다.//

　　행악이 사직(社稷)을 흔들어도 말 없이 견뎌온 백성

　　가슴 가슴 터지는 분노 천동하는 우레인데

　　돌아갈 하늘도 없는가 피도 푸른 목숨이여!//

---

24) 위의 책, 80쪽.

너는 차라리 의(義)의 제단에 앳된 속죄양

자국자국 피맺힌 역사의 깃발 위에

그 이름 뜨거운 숨결일레 펴득이는 창천(蒼天)에......

<1960년 4월>

—「애가(哀歌)」전문25)

가) 시조는 '조국에 부치는 시'라는 부제를 통해 진달래가 조국애를 상징하고 어조도 격하다는 것을 짐작하게 된다. '진달래'가 핀 장면을 "연등(煙燈)으로 밝혀 들고" 있다고 표현했으며 "이 강산을 사루는가"에서 서술형 어미의 어조는 영탄적이다. "너는 내 목숨의 불씨"에서는 생명성을 느끼게 되며 "여밀수록" "아픔"이 맺히는 대목에서는 울혈 증상이 나타난다.

'고 김주열 군에게'라는 작은 제목을 달고 있는 나)의 시조는 4.19가 일어나던 날의 비장함을 떠올리게 한다. "가슴 가슴 터지는 분노 천동하는 우레" 같은 표현들에서 "뜨거운 숨결"을 느낄 수 있다. 이렇듯 이영도의 시조는 역사 앞에서 미사여구나 언어유희가 아닌 오랜 세월 축적되고 형성된 시인의 내적 울분을 호소한다. 또한 "겨레 앞에 보였도다", "돌아갈 하늘도 없는가 피도 푸른 목숨이여!" 등의 서술형에서 탄식어린 어조가 주목이 된다. 뼈아픈 역사의식이 나약한 어조를 지양하고 격앙된 자아의 목소리를 창출한다 하겠다. 이는 공간적 터전이 시간의 연속성을 확보한 것으로 역사의식의 발현이다.

---

25) 이영도, 앞의 책,『보리고개』중에서『석류』, 182쪽.

4. 맺으며

지금까지 이영도 시조에서 자주 나타나는 자연 이미지는 구체적으로 어떤 작용을 하는지 고찰해 보았다. 종합하건대 자연이미지는 고답적인 음풍농월의 대상에서 탈피하여 여성의 몸에 대한 알레고리이이다. '모성'으로 확장 인식해서 '어머니'는 세상을 이해하는 통로이자 생명의 순환을 상징한다.

그러나 파괴와 상처가 많은 당대 분단 현실이 되면 자연과 어머니의 몸이 발휘하는 생명력은 불임과 불모성을 드러낸다. 대부분 정치적이고 사회적인 현실을 문제 삼고 있는 작품들이 이에 해당한다. 이것을 치유하기 위해 시 속에 '어린아이' 이미지를 삽입해 놓는 특징이 있다. 이른바 모성의 회복을 촉구한 것으로 볼 수 있으며 이 부분이 에코페미니즘의 사유와 맞닿는 지점이다.

피폐한 자연의 공간은 '어린아이'에 의해서 새롭게 열린 시간으로 바뀌며 이어진다. 자연이라는 공간에 시간의 이미지가 덧씌워지는 시조들의 분석을 통해서 집단적 생명의 연속성을 살필 수 있고 여기에는 역사성도 함의한다. 이렇게 공간적 터전이 시간의 연속성을 지니며 새로운 자아를 성취할 때 화자의 어조는 강경해진다. 아니무스적인 성향은 당대 모진 삶을 헤쳐 나가며 살아야 했던 그의 일생에 있어 굳건한 의지가 밑바탕이 되어 시적으로 현현된 것으로 유추된다. 그러므로 이영도의 시조는 여린 감성의 표현이 지배적이라는 선입견으로부터 벗어나 개성이 있고 강인한 시정신을 지녔다.

더 나아가 자연이미지에 나타난 '모성성'은 '생명성'과 맥락이 맞닿아 있으므로 현대적인 해석이 가능하다. 자연과 모성이 갖고 있는 생명력의 발현은 파괴와 상처가 많은 이 세상에 위로가 될 것이다. 이는 21세기 건강한 문학의 담론으로 이끌어 가는 핵심이다.

참고문헌

• 기본자료

이영도 시조집, 『靑苧集』, 문예사, 1954.
이영도, 『石榴』, 중앙출판공사, 1968.
이영도, 『言約』, 중앙출판공사, 1976.
이영도 시조 전집, 『보리고개』, 목언예원, 2006.

• 단행본

가스통 바슐라르, 『불의 정신분석』, 이학사, 2007.
김기림, 『김기림전집2』, 심설당, 1988.
김재희 『깨어나는 여신』, 정신세계사, 2000.
김욱동, 『문학생태학을 위하여』, 민음사, 1988.
김준오, 『시론』, 삼지원, 2002.
마리아 미스 · 반다나 시바, 손덕수 · 이난아 역, 『에코페미니즘』, 창작과 비
        평사, 2000.
미셸 푸코(이광래 역), 『말과 사물』, 민음사, 1987.
박영수, 『색채의 상징, 색채의 심리』, 살림, 2003.

백운복,『시의 이론과 비평』, 태학사, 1997.

에스터 하딩(김정란 옮김),『사랑의 이해』, 문학동네, 196.

월터 J. 웅, 이기우·임명진 역,『구술문화와 문자문화』, 문예출판사.

이소영·정정호 외 편역,『자연, 여성, 환경』, 한신문화사, 2000.

이승훈,『시론』, 고려원, 1992.

이승훈,『문학으로 읽는 문화상징사전』, 푸른사상, 2009.

이영지,『한국시조문학론』, 양문각, 1994.

이지엽,『현대시창작 강의』, 고요아침, 2005.

이혜원,『생명의 거미줄』, 소명출판, 2007.

장경렬,『미로에서 길찾기』, 문학과지성사, 1997.

정영자,『한국여성시인연구』, 평민사, 1996.

진 구퍼, 이윤기 역,『세계문화상징사전』, 까치, 1994.

천이두,『한의 구조 연구』, 문학과지성사, 1993.

파버 비렌,『색채심리』, 김화중 역, 동국출판사, 1993.

한면희,『동아시아 문명과 한국의 생태주의』, 철학과현실사, 2009.

• 논문

고금희,「이영도 시조의 회화성 연구」, 한국교원대학교 대학원 석사학위논문, 2001.

고인자,「이영도 時調 硏究」, 성신여자대학교 대학원 석사학위논문, 1990.

김은아,「이영도 時調 硏究」, 경남대학교 교육대학원 석사학위논문, 1996.

김점성,「이영도 시조 연구」, 건국대학교 교육대학원 석사학위논문, 1997.

김종,「이영도론」,『시조와 비평』4권 1호(봄호), 시조와 비평사, 1992.

오승희,「현대시조의 공간연구」, 동아대학교 대학원 박사학위논문, 1991.

오한나,「강은교 시에 나타난 에코페미니즘 양상 연구」. 경기대학교 교육대학원, 2006.

유동순, 「이영도 시조의 생명성 연구」, 경기대학교 대학원 석사학위논문, 2011.

이경아 · 최은주, 「20세기초 미국 소설에 나타난 에코페미니즘」, 『인문논총』제18집, 경남대학교 출판부, 2004.」

이경영, 「한국 여성시의 특징적 몇 국면과 미래시학의 방향」, 『현대문학이론연구』제39집, 현대문학이론학회, 2009, 12.

이숙례, 「한국 여성시조의 변모양상 연구」, 동의대학교 대학원, 2007.

이지엽, 「이승은 시조에 나타난 에코페미니즘」, 『시조시학』(2009 겨울), 고요아침, 2009.

이은상, 「책머리애」, 이영도, 『언약』, 중앙출판공사, 1976.

정종민, 「한국 현대 페미니즘 시 연구」, 성균관대학교 대학원, 2008.

조남현, 「개인서정과 공적 감정의 넘나들기」, 이영도, 『너는 저만치 가고』, 태학사, 2000.

조동화, 「이영도론」 『제1회 이호우 · 이영도 오누이 시조문학제 기념문집』, 이호우 · 이영도 문학 기념회, 2009.

최경구, 「21세기 패러다임으로서의 생태여성주의」, 『여성논총』제5집, 경기대학교 여성학연구실, 2002.

이호우 시조의
파격 고찰

1. 머리말

　이호우(李鎬雨 1912~1970)에 대한 연구는 1970년을 전후하여 서
평1)이나 단평2) 위주의 비평문이 있고 1990년대 전후부터는 학위논
문3)도 축적되기 시작하였다. 『爾豪愚時調集』과 함께 각 일간지에 발표

1) 김윤성, 「이호우 시조집평」, 한국일보, 1955, 7.
　김우창, 「시조의 형식적 한계」, 동아일보, 1968, 5.
　이화진, 「이호우의 달밤」, 대구일보, 1966, 7.
　박양균, 「시의 소박성」, 대구일보, 1955, 7.
　이종기, 「이호우의 시조집을 보고」, 연합신문, 1955, 7.
　황희영, 「새 술은 새 부대에」, 대전일보, 1968, 5.
2) 김윤식, 「이호우론」, 『현대시학』, 1970, 8.
　김우창, 「시조의 형식적 한계」, 동아일보, 1968, 5.
　서벌, 「이호우의 시」, 『현대시학』, 1973, 10.
　한춘섭, 「爾豪愚論」, 『시조문학』 제3권 4호, 1976.
　김주영, 「현대시에의 자각」, 평화일보, 1975, 7.

된 서평들은 이호우의 작품에 대한 평가보다 인간적인 면들을 들여다 보면서 작품에 내재된 인간성과 시대정신을 다루었다. 이러한 서평들은 시인을 이해하는 데에는 일정한 도움을 준다. 단평들은 시기별 주제에 입각해 작품을 분류했으며, 다룬 작품은 초기작에 한정되어 한계를 노출한다.

이후 발표된 소논문과 학위논문에서 이호우의 시조에 대한 다양한 연구가 본격적으로 진행되었다. 구체적으로 이호우에 이르러 근대적 사조로서의 자각적 낭만주의가 그 의미를 찾는다[4]거나, 미적 가치 해명에 중점을 두면서 율격구조와 의미구조의 분석[5], 일제 강점기와 한국전쟁 시기의 작품에서 드러나는 내면 의식, 비극성과 부조리한 현실 속에서 인내할 수밖에 없는 자아에 대해 고찰 등으로 세분할 수 있다.

이호우는 1936년 동아일보에 「영춘송」이 가작입선 되고 1940년 이병기에 의해 시조 「달밤」이 『문장』에 추천되면서 1970년까지 30여 년을 시조창작에 매진하였다. 그가 남긴 『爾豪愚時調集』에 실린 70편과 『휴화산』에 실린 121편을 기본 자료로 검토한 결과, 그의 작품들은

---

3) 강호인, 「이호우시조연구」, 경남대학교 교육대학원 석사논문, 1994.
　　주강식, 「현대시조의 문체론적 연구」, 동아대학교 대학원 석사논문, 1982.
　　＿＿＿, 「현대시조의 양상 연구」, 동아대학교 대학원 박사논문, 1990.
　　윤일광, 「이호우 시조 연구」, 동아대학교 교육대학원 석사논문, 1992.
　　김우연, 「이호우 시조의 개작과 현대적 변모에 대한 연구」, 영남대 교육대학원 석사논문, 2000.
　　예병태, 「이호우 시조 연구」, 한국교원대학교 대학원 석사논문, 1996.
　　김정현, 「이호우 시조 연구」, 서강대학교 대학원 석사논문, 2000.
　　신용대, 「이호우 시조 연구」, 고려대 교육대학원 석사논문, 1977.
　　유준호, 「이호우론」, 충남대학교 교육대학원 석사논문, 1984.
　　하장수, 「이호우의 시조 연구」, 충남대학교 교육대학원 석사논문, 1983.
4) 김제현, 「이호우론」, 『현대시조평설』, 경기대학교 연구교류처간행, 1997.
5) 염창권, 「이호우시조연구」, 청람어문학회, 1991.2.

한국적 정서를 바탕으로 하면서도 과거의 운율이나 형태에 얽매이지 않았다. 그리하여 그에 대한 평가는 종래에 볼 수 없었던 형식의 일탈에 대하여 "현대적 자각의 길로 접어들었다"[6]는 긍정적인 평가가 있는 반면 "시조로서는 매우 위험한 상태에 놓여 있다"[7]는 비판도 함께 받는다.

또한 지금까지 축적된 이호우에 대한 연구들을 살펴보면서 시조의 형식과 내용 중 내용 분석에 비중을 두거나, 문학관과 생애를 연관 지어 해석하는 경향이 있다는 것을 발견하였다. 그래서 이호우 시조의 형식미학에 나타난 특징과 의의에 대해 고찰할 필요성이 있다고 생각한다. 이에 본고는 이호우 시조의 율격과 구조의 변용을 중심으로 분석한 후, 궁극에는 파격에서 오는 미학을 지녔고 이 점이 현대시조의 지평을 넓히고 기여한 점을 밝히려고 한다.

2. 율격의 변용

1) 종장 첫 구 음수율의 변화

정립된 현대시조의 기준점은 3장 4음보 45자 내외의 정형시이며, 각 음보의 기본율인 3·4조, 4·4조를 유지하면서 종장 첫 구의 3·5이상 (5~9)의 음수율이 지켜졌는가 여부에 따라 판단한다. 시조 형태의 구조론에 대해 조윤제는 다음과 같이 제시했다. 첫째, 시조 1수의 자수는

---

6) 김수영, 「현대시에의 자각」, 평화신문, 1955. 7. 4.
7) 김윤식, 「이호우론」, 『현대시학』, 1970. 9, 94쪽.

44자 혹은 45자에 중심을 두고, 41자에서 50자 범위 내에 있다. 둘째, 장별 자수 배열은 3 · 4 · 4(3) · 4/3 · 4 · 4(3) · 4/3 · 5 · 4 · 3이라는 기준을 가지고 규정의 최단 자수에서 최장 자수 내에 신축한다. 셋째, 그 중에서 거의 변동이 없는 것은 초장의 4구와 중장 4구, 종장 3구의 4자 그리고 종장 1구의 3자이다.[8]

그런데 전통적 시조 형식에 이호우가 던진 충격은 치열한 비판의식과 율격의 변모였다. 시조가 지켜온 율격을 해체하다가 다시 시조의 정형으로 복귀하는 점을 발견하게 된다. 자연스러운 언어의 흐름이나 가락이 끊긴 채 시어의 조탁으로 자수율을 맞춘다고 정형시가 되는 것은 아니다. "창에 많이 의존했던 고시조를 보면 엄격한 자수율이 요구하지 않았다. 종장 첫 구를 제외하고는 규격 속에 가두려 들지 않는 자연스러움, 그러면서도 기본적인 가락을 지켜가는 여유가 시조의 생명력을 더해 주었던 것이다. 이러한 관점에서 볼 때 이호우 시조의 자유분방함은 시조가 지닌 넉넉한 테두리 안에서 자수율의 각박함에서 초연할 수 있었던 일면이라 하겠다".[9]

이처럼 이호우는 새로운 보법을 밟아 온 단형의 시인이라 할 수 있다. 이호우의 작품에서 3장 형식을 무시한 예는 없다. 또한 종장 첫 구의 규칙 등은 모두 동일하게 나타났다. 그러나 기본 자수율 45자를 정확히 지킨 것은 그의 전체 작품 중 33%[10]일 정도로 파격이 많았다. 시조의 기본 율격인 3 · 4조, 4 · 4조의 리듬도 벗어나는 경우가 자주 있다. 초장 첫 음보의 3자를 파격하여 2자로 쓴 작품이 많았고 종장에도

---

8) 조윤제, 『한국시가의 연구』, 을유문화사, 1994, 171~172쪽 참조.
9) 정혜원, 「이호우시조 연구」, 상명여자대학교 출판부, 1991, 136~137쪽 참조.
10) 원용문, 「이호우 작품 연구」, 『배달말』, 형설출판사, 1981, 249쪽.

전형적인 시조 형식에 위기를 느낄 정도로 변화를 주었다. 이러한 예는 그의 작품 중 주로 단수에서 많이 나타났으며 자수율이 39자에서 55자까지 분포를 보이며 시조가 요구하는 자수율에는 대체로 부합한다. 또 음보 내 자수율도 기본 자수율에서 1자 정도가 가감되면서 크게 벗어나지는 않는다.

1928년 이병기와 이은상은 시조 형식을 발표했는데, 이병기는 최소 38자~최고 55자까지, 이은상은 최소 34자~64자까지의 시조 시형을 허락하였다. 이호우의 시조는 최소 39자에서 최고 55자까지 나타나고 있어 음수율로 보면 이병기가 제시한 범위에서 벗어난 작품은 없다. 위 사실로 미루어 볼 때 이호우는 이병기의 영향을 받았다고 추측되며 시조를 창작하면서도 전통의 형식을 벗어나려는 실험을 하면서도 범위를 지키려고 노력했다고 볼 수 있다. 이호우 시조를 읽다보면 종장 첫 구에서 아래 표와 같은 특이점을 살펴볼 수 있다.

제목	내용	3 5 4 3 음수
또 다시 새해는 오는가	아아∨이 背理의 斷層을 퍼득이는 저 旗빨.	2 7 4 3
익음	투닥∨또 木瓜가 들나보다 지는건가 익음이란	2 8 4 4
五月	우리∨턱 기대어 살자꾸나 사랑하는 사람아.	2 8 4 3
가을	이제∨내 허허 웃는 일 밖에 무슨 일이 있으랴.	2 6 4 3
營爲II	겨우∨그 이룬 거미줄들의 무심히도 걸힘이여.	2 8 4 4
門	아직∨내 몸피를 모르는 채 하염없는 흰 머리.	2 8 4 3
길 첫째 수	이제∨내 원수로 더불어 울 수조차 있도다.	2 7 4 3
길 둘째 수	이제∨내 희느니 검느니 묻자 하지 않도다.	2 7 4 3
길 셋째 수	이제∨내 홀로의 길을 외다 아니 하도다.	2 6 4 3
가을에	滿山∨저 紅葉의 불길은 세월 한금 지는 落照	2 7 4 4

위의 예와 같이 첫 3자가 한 단어이거나 2자 단어에 토가 붙는 형식이 아니라 새로운 언어의 조직을 보이고 있다. 특히 '이제 내'의 예와 같이 부사+대명사의 형태를 가진 종장 첫 구는 새로운 시도이다. 그러나 이러한 경우 대명사 '내'가 앞의 부사 '이제'와 합쳐지기 보다는 뒤이어 나오는 어구들과 연결되어 실제로는 '이제∨내 허허 웃는 일밖에', '이제∨내 홀로의 길을', '아직∨내 몸피를 모르는 채', '겨우∨그 이룬 거미들의'로 율독 된다. 시각적으로는 종장 첫 3자가 지켜지는 것처럼 보이지만 실제로는 파격을 이루며 이어지는 구에서도 음절이 확대되는 변화가 일어난다.[11] "3음절의 고정성이 가장 엄격한 종장 제1음보에서 이호우가 현대적 변용을 한 새로운 율격이지만 이것은 극히 예외적인 것이며 문제점으로 보인다"[12]고 원용문은 밝히고 있다. 그러나 이것은 고시조의 익숙함에서 오는 판단이며 이러한 변용은 오히려 현대시에 근접한 발상으로 보인다.

제목	내용	의미론적 음수
出帆	저멀리 저멀리∨창공에 퍼저가는 배ㅅ노래	6 3 4 4
不滅의 빛	이 땅과 더불어∨길이 가시잖을 빛이여	6 2 4 3
眞珠	삭이려 감싸온∨膏血의 구슬토록 앓음이여.	6 3 4 4
念佛	落島와 같은∨生涯를 내 時調는 나의 염불.	5 3 4 4
休火山	언젠가 있을∨그날을 믿어 함부로ㅎ지 못함일레.	5 5 5 4
발자욱	한 자욱 한 자욱∨네가 고이며 나는 걷기만 하네.	6 5 2 5
물결	막혀도 막혀도∨사뭇 넘처만 오는 물결.	6 2 3 4
營爲II	겨우 그 이룬∨거미줄들의 무심히도 걷힘이여.	5 5 4 4

11) '보법의 파격'에 나오는 표와 내용에 사용된 휴지(∨로 표시된 부분)는 연구자가 호흡과 의미에 따라 편의상 정한 것이다.
12) 원용문, 『시조문학원론』, 백산출판사, 1999, 250쪽.

梅花	先驅는 외로운 길∨도리어 총명이 설워라.	7 3 3 3
손길	絕壁서 내리뛰듯∨그렇게 피고 지라 지고 피라.	7 3 4 4
꽃샘	꽃샘은 차라리∨바람해 미칠 수나 있어라.	6 3 4 3
開花	바람도 햇볕도∨숨을 죽이네 나도 아려 눈을 감네.	6 5 4 4

　표의 '∨'와 '밑줄표시'를 보면 알 수 있듯이 형태구조와 의미구조가
일치하지 않는다. 종장의 기본 구조인 3·5·4·3의 형태를 보이고 2
음보에서 자수율은 5자 이상으로 시각적으로는 시조 형태에 부합한다.
그러나 의미상으로는 연결되지 못하고 중간 휴지에 의해 분리되는 현
상이 일어난다. 예를 들면 「開花」의 종장을 시조형식의 율격에 따르면
'바람도∨햇볕도 숨을 죽이네∨나도 아려∨눈을 감네'로 구성되어 있
는데 '햇볕도'는 '바람도'와 의미 구조의 결합성이 가깝지 '숨을 죽이네'
와 가깝지 않다. 「발자욱」에서도 '한 자욱∨한 자욱 비가 고이며'로 음
보 분할을 지우는 것도 같은 무리다. 종장 2음보가 의미상으로 연결되
지 못한 채 중간 휴지에 의해 이분되며 특히 첫 3음절이 반복될 때 그
현상은 더욱 두드러진다. '저멀리 저멀리∨창공에 퍼저가는 배ㅅ노래',
'막혀도 막혀도∨사뭇 넘처만 오는 물결'과 같이 5음절 이상의 2음보가
의미상 이어지지 못하고 이분되는 현상을 보이며 율격과 통사구조가
상이하다. 즉 3·5의 종장 첫 구가 3음절로 표현되나 이 때 2음보가 3
음보와 연합되지 못하고 의미상 1음보와 결속된 결과이다.
　종장의 이러한 변형은 분명 시조가 지켜 온 정형성을 위협하는 것이
다. 그러나 형식은 내용과 상호긴밀성을 유지하고 궁극에는 감상에 있
어 의미망을 증폭하는 점에 염두하여 보면 이호우는 기존의 형식에 얽
매이지 않으려는 노력을 했다고 판단된다. 기존의 율격을 변형하고 의

도적으로 호흡의 단위를 조정하여 전통적인 시조를 현대시조의 모습으로 출발시키는 한 방법의 계기가 되었다.

2) 다음보 형태

제목	내용
營爲II	겨우∨그 이룬∨거미줄들의∨무심히도∨걷힘이여∨
또 다시 새해는 오는가	아아∨이 背理의 斷層을∨퍼득이는∨저 旗빨∨
離鄕	아예∨내(∨)남은 날에는∨인연 아니∨지으리∨
聽秋	더구나∨우수수 잎들이 지면∨어이∨견딜가본다∨
梅花	先驅는∨외로운 길∨도리어∨총명이∨설워라∨
五月	우리∨턱 기대어∨살자꾸나∨사랑하는∨사람아∨
봄	즐거얄∨봄이요∨시절을∨두견같이∨우닌다∨

음보 또는 율격적 토막으로 나누기 곤란한 예시를 위의 표에서 알 수 있다. 4음보로 나눌 수도 있으나 무리가 따른다. 형식적 율격으로 볼 때는 3, 5, 4, 3에 근접하는 시조의 형식을 유지하고 있지만, 의미의 율격으로 볼 때는 5음보로 율독이 가능하여 시조 형식이 아니라 자유시 경향이 있고 다음보 형태가 나타난다. 위에 예를 든 「營爲II」를 일반적인 음보로 나눠 4음보로 휴지할 경우 '그 이룬 거미줄들의'가 의미적으로 긴 호흡이 된다. 그러므로 다음과 같은 휴지가 가능하다.

　　　겨우∨그 이룬∨ 거미줄들의∨무심히도∨걷힘이여∨
　　　　　　　　　　　　　　　　　　－「營爲II」 종장

예의 현상처럼 시조는 3장이라는 형식을 지키면서도 한 장의 음보는 4음보라는 전통적인 율격에서 벗어난다. 다음보는 정해진 자수보다 늘어난 자수에 의해 일어나는데 이호우 시에서 1음보가 6자 이상으로 늘어난 작품은 다수이다. 전통적인 한국시가에서 1음보는 2~5자이며, 보통 3~4자가 대부분임을 생각할 때 변화를 보이고 있다. 호흡상의 감각을 체득한 이호우는 음보의 파절을 의도적으로 만들어 냈다고 볼 수 있다. 앞 호흡이 길어지면 다음 음보에서는 자연스럽게 힘이 빠지지만, 앞의 음보를 짧게 하면 긴장이 풀어지지 않는다. 호흡의 장,단을 염두에 둔 시도는 시조라는 정형화된 틀에서 보다 부드러운 시적 리듬을 이끌어 내기 위한 작업으로 판단된다.

고시조의 종장 2음보가 한 음절로 된 단어에 토가 붙거나, 두 어절이 합쳐져 5자 이상을 이루는 것에 비하면 혁신적인 율격의 변모이다. 종장의 3음보와 4음보도 고시조처럼 3음보의 자수가 4음보의 자수보다 많은 구조를 갖지 못하는 경우가 많다. 3자로 시작해서 5자나 6자로 도약했다가 4자 또는 5자로 받아서 부드럽게 끝내는 고시조의 율격과는 차이를 보이고 있다.

육신을 벗는 그날의 나를∨문득 생각한다. (2·6)
막혀도 막혀도 사뭇 넘쳐만∨오는 물결. (3·4)
先驅는 외로운 길 도리어 총명이∨설워라. (3·3)

종장 3음보와 4음보의 자수율이 2·6조 3·4조, 3·3조 4·4조로 끝나는 경우도 많이 나타난다. 종장의 이러한 변형도 엄밀히 말하면 시조가 지켜 온 정형성을 파괴하는 것이라 볼 수 있다. 휴지에 의하여 구분된 문법적 토막이 일정한 수로 연속되어 되풀이될 때 그것을 음보 또는 율격적 토막이라고 본다. 일정한 수로 연속되어 있는 토막들 사이의 휴지는 연속이 끝나고 다시 연속이 시작되는 경계에 있는 휴지보다 작은 것이어야 한다. "율격적 토막은 문법적 토막을 근거로 해서 존재하지만, 모든 문법적 토막이 율격적 토막일 수는 없다"[13]라고 조동일은 정의하면서 시조의 율격상 특징을 4음보 격에 두고 있으며, 이 4음보 격이 시조의 정형성을 구속하고 있다고 했다. 하지만 시조의 율격이란 하나의 형식이며 형식은 담기는 내용에 따라 약간은 변할 수 있다. 즉 시조의 율격이 반드시 형식상의 4음보만으로 구성되지 않을 수도 있다는 것을 이호우는 보여 준다.

관습적인 4음보격 율독	旗빨!∨너는 힘이었다∨一切를 밀고∨앞장을 섰다∨ 오직∨勝利의 믿음에∨항시 넌∨높이만 날렸다∨ 이날도∨너 싸우는 자랑앞에∨地球는∨떨고 있다∨
자연스런 율독	旗빨!∨너는∨힘이었다∨一切를 밀고∨앞장을 섰다∨ 오직∨勝利의 믿음에∨항시 넌∨높이만 날렸다∨ 이날도∨너 싸우는∨자랑앞에∨地球는∨떨고있다∨

　　　　　　　　　　　　　　　　　　　　　　　　　－「旗빨」 첫째 수

외형적으로 볼 때 위의 예는 시조의 형식인 3장형의 구조를 지니고 있지만, 4음보 격이라는 데는 쉽게 납득이 가지 않게 된다. 각 장의 휴지는 5음보가 가능하다. 이런 구성으로 보았을 때 4음보의 시조와는 차이가 생긴다. 따라서 이런 음보상 율독은 의미를 새길 수 있는 자연스런 율독으로 다시 나눌 수 있다.

---

13) 조동일, 『한국시가의 전통과 율격』, 한길사, 1982, 57쪽.

이호우가 시조를 현대화하는 한 방법으로 시작한 것은 위에서 살펴본 것처럼 시조의 3장 형식인 정형은 지키지만 기본 율격은 파괴하는 데 있었다. 이는 자유시에 근접하려는 발상법이며, 새로운 율격의 창조는 시조의 현대화에 단초가 된다. 이에 박양균은 "시조적인 냄새가 완전히 가시고, 재래시조의 테두리 밖에서 국민시화 해 보려는 어기찬 획책"14)이라 했고, 김윤성은 "하나의 현대적 고민을 띄운 서(書)다. 우리나라 재래의 형식에다 근대 문학 정신을 살리기에 꾸준히 노력해 온 그의 혹렬(酷烈)한 문학적 정신의 자서전 같은 감을 준다"15)고 평하였다.

시는 형태가 이루어지면서, 한 편의 작품이 탄생하는 것이다. 한 편의 시는 형태 속에 시어, 이미지, 리듬과 표현기교 등이 모두 담긴다. 시에 있어서 행과 연의 형식은 시적 효과를 위한 미적 의장이요 그 자체가 하나의 감각적 형태가 된다. 시인이 행과 연의 배열에 고심하는 이유는 여기에 있다. 시행은 말소리의 단위이자 말뜻의 단위이다. 시인은 그 소리와 의미의 예술적 효과를 위해 행과 연을 조절한다. 이에 형태와 의미가 같은 음보로 나아가야한다는 기존의 시조관에서 이호우는 형태의 파괴에 의한 의미의 강조, 어긋남에 의한 형태의 정형을 지켜내어 오히려 그의 시조에 복합적인 해석의 여지를 남겨 현대시가 가지고 있는 해석의 다양성을 보여주었다고 할 수 있겠다.

김춘수 시인도 "시의 행과 연은 리듬을 형성하며, 시의 행과 연은 의미의 단락을 표시하며, 시의 행과 연은 이미지의 움직임을 선명하게 해준다"16)라고 정의하면서 시의 행과 연이 형태미를 결정해 주는 중요한

---

14) 박양균, 앞의 글, 1755, 7.
15) 김윤성, 앞의 글, 1955, 7.
16) 김춘수, 『詩論』, 宋園文化社, 1971, 12쪽 참조.

것임을 강조한 바 있다. 이렇듯 시의 장르적 형태는 고정적이지만 이를 효과적으로 표기하는 형태는 시의 뜻과 리듬과 시의 분위기에 따라 달리 할 수 있는 것이다. 시의 형식은 부단히 발견되고 창조되어야만 생명력을 지니는 것이기 때문이다. 그러나 다양한 형식의 구사도 장르적 특성, 작품의 유기적 결합관계에 효과적일 수 있는 합리성을 지녀야 할 것이다.

마찬가지로 시조를 3행 형식으로 표기하는 것은 시조의 의미구조가 3장으로 구분되는 데서 의미구조와 리듬, 형태의 유기적 합리성을 인정할 수 있는 것이다. 그러나 개별적인 시조 작품의 3행이 한결같이 의미의 무게, 호흡, 이미지가 같은 기능과 질서로 흐르고 있다고 할 수 없다는 데서 3행식 형태가 일률적 규제 형식은 될 수 없는 것이다.[17]

이호우도 형식적인 면에서 파격을 시도했지만 정작 자신도 고민한 것을 그의 시조관에서 알 수 있다.

> 파격하는 것이 시조의 현대화처럼 감상을 하는 모양인지 마구재비로 파격을 일삼는 분들이 있는 일이다. 파격은 어쩔 수 없는 피치 못할 경우이거나 아니면 파격을 함으로 해서 가일층 묘를 조성할 수 있을 때에 비로소 할 수 있는 일로써 파격을 한다는 것은 극히 조심해야 할 일이며 여간 어렵고 두려운 것이 아닌 것이다.[18]

그의 말처럼 이호우는 시조의 혁신을 형식과 대결한 것이 아니라, 주어진 형식 안에서의 자유로운 탈바꿈, 즉 형식의 범주 안에서 변화를 시도했다는 점이 높이 평가되어야 할 것이다.[19] 특히 이호우의 작품을

---

17) 주강식, 앞의 논문, 1990, 67쪽.
18) 이호우, 「겨레의 혼이 담긴 샘」, 『시조문학』, 1982, 봄호, 49쪽.

지나친 파격이라 정의하면서 시조의 형태로서는 부적합하다는 지적이 있데 이는 바람직하지 못하다. 현대적 느낌에 어색하지 않는 리듬과 현대적 감각을 살린 그의 작품에서 고시조의 면모를 벗어난 개성적인 면이 나타나기 시작했다고 보아야 할 것이다.

3. 전개 방식의 다양화

1) 장과 장의 병치

시상의 전개 방식은 형태의 정형성에 내적인 요구를 충족시키는 요인이 된다. 따라서 시상이 어떠한 흐름과 단절과 상승을 거쳐 전달되는가 하는 것은 시조를 이해하는데 중요한 요소가 된다. 즉 시조의 3장 형식은 시의 3행과는 다른 의미구조와 율격을 갖고 있다. 구와 장의 想과 律이 대구를 이루며 이어 흐르다 종장에서 집중되는 의미구조의 종합적 내지는 집중성의 묘미를 갖고 있다.[20]

이호우의 작품은 [초→중]→종으로 연결되는 일반적인 구조는 물론 이에 벗어나는 구조를 사용하였고 이 실험적인 시도가 본고에서 관심을 갖는 부분이다. 대체로 이호우도 다른 시인들과 마찬가지로 의미의 중점을 종장에 집중되게 하는 동의적 전개 방식인 [초→중]→종 구조를 가장 많이 사용하였다.

---

19) 윤일광, 앞의 논문, 35쪽.
20) 주강식, 앞의 논문, 1982, 39쪽.

상긋 풀내음새 이슬에 젖은 草原
종달새 노래위로 흰 구름 지나가고
그 위엔 푸른 하늘이 높이 높이 열렸다

—「草原」 전문

차마 꽃은 못 필레
그 아프다 아픈 破裂

銀杏처럼 바라만보며
서로 앓긴 더 못할레

차라리 혼자만의 凝血로
열매하여 진달레.

—「無花果」 전문

위에 예를 든 것처럼 귀납식 전개 방식은 초장이 꺼낸 말을 중장이
이어받고 종장은 초장과 중장을 묶어 종결시킨다. 초장과 중장의 의미
중점은 종장에 집결된다. 대부분 의미의 중점이 종장에 집중되게 하여
강렬성과 긴장감이 있으며, 시조의 전통적 특성과 구조적 묘미를 잘 살
리고 있다. 이러한 전개방식은 고시조, 근대시조, 현대시조에 이르기까
지 일반화되어 있으며 이호우 작품에서도 이와 같은 구조는 두루 차지
하였다. 그러나 본고에서 주목하고자 하는 구조는 실험적인 구조이며
이 구조가 변별성을 띤다고 여긴다.

가령 시조의 종장을 독립된 형태로 만들어 한데 배치한 초=중=종
장 구조와, 초장은 하나의 주제적 개념이 되고 중장과 종장은 나란히
초장에 대한 예증 또는 설명이 되는 초←[중=종] 구조, 각기 다른 소재
로 구성되고 종장에서 의미가 종합적으로 강조되는 [초=중]→종장의

의미구조도 사용하였다. 이를 병치구조라 할 수 있으며 또한 문장의 순서를 도치하여 의미를 전개하는 형식인 중→초→종의 구조도 사용한 것이 특징이다. 또한 초장과 중장이 대립되고 종장에서 합일되는 [초↔중]→종의 정반합 구조 등 여러 형태를 시도하였다.

그 중에서 병치는 각각의 대상을 두 번 이상 반복적으로 나란히 늘어놓는 단순구성으로 각 장을 독립적으로 만들어 동일하게 배치시켜 놓아 편안함이 느껴진다. 현대시에서는 정지용 시인이 「바다2」, 「인동차」, 「난초」, 「우리나라 여인들은」, 「촉불과 손」등의 작품들을 통하여 잘 보여주고 있는데 동일한 대상에 대한 서로 다른 인상을 제시하는 구조를 이루고 있다. 이러한 병치는 각 연을 은유적으로 만들며, 대상에 대한 다양한 정서와 경험을 변주함으로써 대상에 대한 풍부한 감각과 인상을 집적시킬 수 있다.[21] 이러한 구조는 아래에서 예로 든 작품에서 볼 수 있다.

> 매미소리 뚝 끊치고
> 四季花 주룩 진다
>
> 하늘엔 구름 한자락
> 조을 듯 머무르고
>
> 洋銀빛 볕살이 아리는
> 추녀끝 빈 거미줄.
>
> ─「한낮」 전문

---

21) 손병희, 『정지용 시의 형태와 의식』, 국학자료원, 2007, 137쪽.

흙내음 담배연기 몽롱히 뜸드는 방
시룽밑 한 구석에 질항아리 술은 익고
늙은이 손자를 업어 굳은 허리 펴진다
─「산마을」둘째 수

위에 예를 든 구조 외에도 병치 구조에 보탤 수 있는 것은 초장과 중
장은 각기 다른 소재로 구성되고 독립되어 종장에서 의미가 모아지고
강조되는 종합 병렬구조가 있다. 즉 [초=중]→종 구조를 볼 수 있다. 이
와 같은 구조는 다음에서 예를 든 작품에서 찾아볼 수 있다.

이미 한 女人을 잊어도 보았으매
일찍 여러 벗들을 보내기도 하였으매
이제 내 원수로 더불어 울 수조차 있도다.
─「길」첫째 수

실바람 가지 끝에
서성대듯 살아온 날

이슬의 무게에도
꽃잎지듯 돌아갈 날

비는 맘 허전이 겨운데
素心 새촉이 틋네.
─「閑日」전문

다음으로 초←[중=종] 구조를 보면 초장은 하나의 주제적 개념이 되
고 중장과 종장은 나란히 초장의 사실에 대한 예증이나 설명이 된다.22)

초장에 의미의 중점이 오면서 결론적인 의미를 제시하기도 하고 지시 또는 청유형의 의미를 띠기도 한다.

> 살구꽃 핀 마을은 어디나 고향같다
> 만나는 사람마다 등이라도 치고지고
> 뉘집을 들어서면은 반겨 아니 맞으리.
> ― 「살구꽃 핀 마을」 첫째 수

위의 작품은 초장에 결론을 먼저 내 놓고 중장과 종장을 통하여 적절하고 구체적인 예증을 제시하고 있다. 예에서 보듯이 '살구꽃 핀 마을은 고향'이라는 이미지를 초장에 먼저 만들어 놓고 '만나는 사람마다 등을 치는' 중장과 '집집마다 반겨 맞는' 종장을 통하여 고향의 속성인 정겨운 모습을 같은 무게로 나란히 제시하고 있다.

2) 구 혹은 장의 도치

도치법은 시의 평범한 전개로 인해 약화될 우려가 있는 몰입도를 높이면서 긴장감을 유발시키는 표현법으로 흔히 사용되는데 이호우도 순서를 도치하여 의미부여를 깊게 하는 방식으로 이 전개 방식을 다수 사용하였다.

> 차라리 원수 앞엔 이겨 피던 해바라기
> 도루 찾은 이 하늘에 동은 아직 트지 않고

---

22) 주강식, 앞의 논문, 1990, 104쪽.

도리어 버림 속에서 외로 지고 말다니.

—「輓歌」첫째 수

獄門이 여닫기듯
또 하루가 새고 저물고

너와 나 事大하여
갈라 선 斷層에서

한 胎줄 진하던 피는
물로 엷어 가는가.

—「斷層」에서

　　위의 시조들을 보면 「輓歌」에서 중장과 초장이 도치되어 있는 것을 알 수 있고 「斷層」에서도 초장과 중장의 순서가 바뀌었으며 이로써 평면적인 전개로 인해 긴장감이 떨어질 수 있는 흐름을 뒤엎어 놓았다. 같은 문장이라도 강조하고자 하는 것을 먼저 짐작케 하여 독자로 하여금 내용에 한층 몰입하게 만들뿐만 아니라, 종장에 의미가 모이는 방식과 초장에 결론을 내놓고 시작하는 일반적인 전개 방식과는 다른 역발상적인 기법을 사용하여 중장의 존재감을 부각시키는 효과를 가진다.

얼마나 어여쁜가
이 날을 사는 몸이

—「五月」넷째 수 초장

말없이 가슴 앓이에
보라! 맺힌 핏방울

—「석류」 종장

진실로 나는 서네
이 벌판에 내가 섬을

—「落木」 넷째 수 초장

　이호우는 장과 장의 도치를 사용하기도 하였지만 위에 예를 든 것처럼 장내에서 구를 도치하는 방법도 즐겨 사용하였다. 이러한 기법은 결론의 위치 선정보다는 긴장감을 유발시키고자 하는데 더 큰 의미를 두고 있다고 볼 수 있다.

　이 밖에 [초↔중]→종 정반합 구조도 있는데「목숨」의 예시와 함께 본고에서 깊이 다루지 못한 점을 앞으로의 연구과제로 남겨둔다. 정반합은 헤겔의 변증법에서, 논리 전개의 3단계(정립, 반정립, 종합)를 뜻한다. 하나의 주장인 정(正)에 모순되는 다른 주장인 반(反)이 더 높은 종합적인 주장인 합(合)에 통합되는 과정에 이르는 것을 의미한다. 시조에서 초장과 중장은 대립되지만 종장에서 합일되게 하는 전개방식으로 사용되는 구조다.

저리도 넓은 하늘
어딘들 못 사리오

이리도 좁은 하늘
어디서 살으리오

須臾의 목숨을 안고
내 우러러 섰도다.

—「목숨」 전문

위 시조는 초장과 중장을 서로 대립되게 배열하고 종장에서 합일을
이루는 구조로 의미를 종합적으로 전개하였다. 이것은 일반적인 전개
구조가 아닌 또 다른 변용형태로 볼 수 있는 가능성을 숙지하면서 다음
기회에 더 많은 예증을 통해 깊이 있게 다루려고 한다. 이호우는 이처
럼 시조에서 보편화된 [초→중]→종 구조를 통상적으로 사용하였음은
물론, 다양한 전개방식을 실험적으로 시도하여 내용의 의미를 잘 드러
내도록 노력함으로써 전통 시조의 특징에 부합되면서도 현대적인 시
조의 새 기틀을 제시하였다.

4. 맺음말

이호우 시조의 율격과 구조의 전개방식을 고찰한 결과, 음수율, 음보
율, 병치와 도치를 통해서 구조는 다양해지고 의미는 풍부해지는 것을
알 수 있었다. 이것은 자연발생적인 발화가 아니라 이호우의 시조가 보
여준 실험적인 시도로써 노력의 흔적이다. 이호우 시조는 이렇게 정형
의 틀 내에서 엄정하고 절제된 형식을 벗어나는 데서 파격의 미학을 찾
을 수 있으며 유장하면서도 격조를 유지한다. 이호우의 시조를 정형의
틀을 무시한 채 무한정 자유로이 이탈한 것으로 오해해서는 안된다. 그
의 시조는 절제 속의 일탈이었으며 시조의 시조다움 즉 정체성을 지키

면서 시조를 격조 있게 현대적으로 계승한 것이다. 이렇게 전통적인 형식의 창조적인 변용으로 현대시조의 새로운 가능성을 보여주며 단정하고 엄숙한 형식미학을 이룬다.

율격의 변화는 다음 두 가지 특징으로 정리할 수 있다. 우선, 후기로 갈수록 전통적인 율격에서 벗어난 경우가 많았다. 기존 자수율인 종장 1구의 3자, 2구의 5자는 지키려고 노력했다. 그런데 결합방식이 시각적으로는 지켜지는 듯 했으나 의미상으로는 연결되지 않고 분리되는 현상을 보였다. 이호우가 보여 준 종장의 자유로운 구사는 시조 고유의 율격을 침해한 것은 사실이다. 하지만 파괴하면서 의미론적 묘미를 느낄 수 있으며 현대 시조의 새로운 가능성을 보였다는 데 의의가 있다. 음보에 있어서도 4음보 보다 많은 다음보 형태가 발견되며 새로운 보법을 시도한 것을 알 수 있었다. 이는 시조는 형식이 한정되어 있어 고답적이고 현대적인 감각을 수용하기 어렵다는 인식을 깨뜨릴 수 있는 근거를 마련한 것이다.

구조면에서도 일반적인 [초→중]→종장의 전개 외에 장과 장의 병치, 구와 장의 도치 등의 다양한 방식으로 개성 있게 전개하면서 현대시의 리듬에 부합되는 시조의 기법을 제시하였다. 이 방법도 이호우가 개척하고 획득한 시조 전개에 있어서 새로움이며 현대성이다. 굳이 러시아 형식주의의 낯설게 하기의 교의로까지 거슬러 올라가지 않더라도 형식은 새로운 의미를 낳는 원천이다. 3장 6구 45자의 형식을 완전히 이탈하는 것은 현대시이지 시조가 아니다. 형식이 궁극에는 구속이 아니며 틀 속의 융통성이라는 점을 외면하지 말아야 한다.

참고문헌

• 기본자료

이호우, 『爾豪雨時調集』, 영웅출판사, 1955.
이호우, 『休火山』, 중앙출판공사, 1968.

• 단행본

김대행, 『한국시가 구조연구』, 삼영사, 1984.
김제현 외, 『한국근대 시조시인 연구』, 광운대학교 출판부, 1993.
김춘수, 『詩論』, 松園文化社, 1971.
손병희, 『한국 현대시 연구』, 국학자료원, 2003.
손병희, 『정지용 시의 형태와 의식』, 국학자료원, 2007.
어문각 편집실, 『한국문학 대사전』, 어문각, 1988.
원용문, 『시조문학원론』, 백산출판사, 1999.
이병기, 『수선화』 ―우리시대 현대시조 100인선, 태학사, 2006.
정병욱, 『한국고전시가론』, 신구문화사, 1980.
조동일, 『한국시가의 전통과 율격』, 한길사, 1982.
조윤제, 『한국시가의 연구』, 을유문화사, 1994.

홍문표, 『시어론』, 양문각, 1994.

• 논문

강호인, 「이호우시조연구」, 경남대학교 교육대학원 석사논문, 1994.

김수영, 「현대시에의 자각」, 평화신문, 1955, 7, 4.

김우연, 「이호우 시조의 개작과 현대적 변모에 대한 연구」, 영남대 교육대
　　　학원 석사 논문, 2000.

김우창, 「시조의 형식적 한계」, 동아일보, 1968, 5.

김윤성, 「이호우 시조집평」, 한국일보, 195, 7.

김윤식, 「이호우론」, 『현대시학』, 1970, 8.

김정현, 「이호우 시조 연구」, 서강대학교 대학원 석사논문, 2000.

김제현, 「이호우론」, 『현대시조평설』, 경기대학교 연구교류처간행, 1997.

김주영, 「현대시에의 자각」, 평화일보, 1975, 7.

김창완, 「정형에의 향수와 일탈」, 『金相玉 李鎬雨』, 지식산업사, 1982.

문무학, 「이호우 시조론 연구」, 『개화』 9, 도서출판 송정, 2000.

민병도, 「이호우 시조의 개작과정」, 『개화』 3, 도서출판 송정, 1994.

박양균, 「시의 소박성」, 대구일보, 1955, 7.

박용찬, 「이호우 시조의 변모와 매체」, 『시조학논총』 제32호, 2010.

서벌, 「이호우의 시」, 『현대시학』, 1973, 10.

신용대, 「이호우 시조 연구」, 고려대 교육대학원 석사논문, 1977.

신용협, 「이호우 시조의 현대성」, 김용직 외, 『한국현대시사연구』, 일지사,
　　　1983.

염창권, 「이호우시조연구」, 청람어문학회, 1991. 2.

예병태, 「이호우 시조 연구」, 한국교원대학교 대학원 석사논문, 1996.

원용문, 「이호우의 작품 연구」, 『배달말』, 형설출판사, 1981.

유준호, 「이호우론」, 충남대학교 교육대학원 석사논문, 1984.

윤일광, 「이호우 시조 연구」, 동아대학교 교육대학원 석사논문, 1992.

이병기, 「時調選後」, 『文章』 6,7월호, 1940.

이영도, 「망국의 승복」, 『한국문학』, 1975.

이종기, 「이호우의 시조집을 보고」, 연합신문, 1955, 7.

이호우, 「겨레의 혼이 담긴 샘」, 『시조문학』, 1982, 봄호.

이화진, 「이호우의 달밤」, 대구일보, 1966, 7.

임종찬, 「이호우시조의 시적 변모」, 『국문학 총서 — 최동원선생 회갑기념호』, 1983.

임종찬, 「단수정신과 시상의 함축」, 『현대시조론』, 국학자료원, 1994.

정대호, 「이호우 시조에 나타난 비극성의 고찰」, 『어문학』 제77호, 2002.

정재익, 「이호우 선생의 인간과 문학」, 『시조문학』, 1970, 6.

정재호, 「이호우선생의 인간과 문학」, 『시조문학』, 1970.

정재호, 「목마른 학」, 『개화』 창간호, 도서출판 송정, 1992.

정혜원, 「李鎬雨時調 硏究」, 상명여자대학교 출판부, 1991.

정혜원, 「이호우론」, 『시조문학과 그 내면의식』, 상명여자대학교 출판부, 1992.

주강식, 「현대시조의 문제론적 연구」, 동아대학교 대학원 석사논문, 1982.

주강식, 「현대시조의 양상 연구」, 동아대학교 대학원 석사논문, 1982.

최승호, 「이호우 시조에 나타난 생명의 미학」, 『대구어문총론』 제14집, 1996.

하장수, 「이호우의 시조 연구」, 충남대학교 교육대학원 석사논문, 1983.

한춘섭, 「爾豪愚論」, 『시조문학』 제3권 4호, 1976.

황희영, 「새 술은 새 부대에」, 대전일보, 1968, 5.

박 수 빈

전남 광주 출생, 아주대 국문과 석박사 졸업
2004년 시집 <달콤한 독>으로 작품활동 시작, <열린시학>평론 등단
시집<청동울음>, 평론집<스프링시학>, <다양성의 시>
현재 상명대 강사
wing289@hanmail.net

반복과 변주의
시세계

| 초판 1쇄 인쇄일 | | 2018년 12월 24일 |
| 초판 1쇄 발행일 | | 2018년 12월 29일 |

지은이		박수빈
펴낸이		정진이
편집장		김효은
편집/디자인		우정민 박재원
마케팅		정찬용 정구형
영업관리		한선희 우민지
책임편집		우정민
펴낸곳		국학자료원 새미 (주)

등록일 2005 03 15 제25100-2005-000008호
서울특별시 강동구 성안로 13 (성내동, 현영빌딩 2층)
Tel 442-4623 Fax 6499-3082
www.kookhak.co.kr
kookhak2001@hanmail.net

| ISBN | | 979-11-87488-67-0 *93800 |
| 가격 | | 17,000원 |